愛と叱咤があり余る

高月まつり

illustration:
こうじま奈月

JN267594

prism
bunko

CONTENTS

愛と叱咤があり余る

世の中には様々な仕事があって、また随分と突飛な仕事も生まれてくる。

この特殊嗜好満載の会員制クラブ「ベルベットリップ」も、「突飛な仕事」の一つで、入社当時はこれで利益が出るんだ……と感心した。

従業員は「リスナー」と呼ばれて、お客様の愚痴を聞く。お客様たちは控え室では「DJ」と呼ばれているがこれは従業員同士の隠語で、決して表に出してはいけない。まあ、それは分かる。誰にも言えない愚痴を喋りに、大枚をはたいてやって来るのに、DJと呼ばれて喜ぶお客様はいないだろう。

お客様たちは愚痴を言う。

会社のことや人間関係のことや、家族のこと。その他、本当に、聞いてるこっちが「なぜそれを言う?」と突っ込みたくなるようなことを延々と垂れ流す。お客様たちはリスナーに膝枕をしてもらったり、リスナーの尻を撫でたり、もっと密着したりして、癒《いや》されて帰っていく。

大枚はたいて通ってくださるお客様は、それなりの地位に就いている方ばかりなので、リスナーたちはみな口が堅い。そりゃあ、拷問でもされたら喋ってしまうだろうが、そんな特殊な状況に陥ることはまずありえない（当社統計だと支配人が言っていた）。しかし、実際に行方不明になったリスナーが何人かいると聞く。よっぽどヤバイことを漏らしてしまったのか。まあ、そこいらへんは気にしない。気にしていたらストレスで胃に穴が開く。職場の厚生設備は整っているが、体が資本の仕事なのだから自己管理はしっかりしたい。

「そうそう、体が資本」

呪文のように呟きながらネクタイを直していた天根知尋《あまねともひろ》は、「同伴すればよかった」とソファに腰を下ろして文句を言っているシエルを一瞥して「今頃か」と突っ込んだ。

シエルはもちろん本名ではない。ちょっぴりぽっちゃりフワフワ系美人で売っている彼女の源氏名だ。お客様からは「もぐもぐ食べている姿に癒される」とたいそうな人気だが、それを鼻にかけることがない良い子だ。

「だってトモさん。私……お腹空いた」

天根知尋は、ここではトモと呼ばれている。源氏名が思いつかなかったのもあるが、「ジョージ」とか「ステファン」とか訳の分からない源氏名にされたくなかったので「トモでいい」と通した。

さっぱりとした黒い短髪にきゅっと眦《まなじり》の吊り上がった大きな目を持った、どこから見ても日本人の自分に外国名はキツイ。

「菓子なら山ほどあるじゃないか。誰も食べないから、シエルが食べないと賞味期限が切れる」

「しょっぱいものが食べたいの。お肉的な何か」

知尋が何か言おうと口を開く前に、向かいの椅子に座って本を読んでいた恭吾《きょうご》が、「もう自分の腕でも齧ってれば？」と笑顔で言って控え室が凍りつく。

ああ本当にこいつはバカだ。言っていいことと悪いことがあるのをいつも忘れる。なのに仕事中は失言がないというのだから不思議だ。その気遣いを仕事以外でも出してほしい。

知尋は頬を引きつらせて渦中の人を見つめるが、シエルは「共食いは無理かなあ」と笑って、何事もなかったかのように菓子に手を伸ばした。つくづく、良い子だ。

「めげないというか……精神的にタフと言うか」

最年長のリスナー、三十四歳の龍司《りゅうじ》が、着物姿でしみじみ呟く。彼は本当に着物がよく似合う。今着ているのも、お客様からプレゼントされた極上の反物で仕立てられたものだ。

知尋は、彼に刃物を持たせたら任侠映画の主役だなといつも思っている。

「まあでも、タフなのはいいことですよ。精神的な労働がハンパじゃないですから」

「うちの売り上げナンバーワンにそんなことを言われると、こっちは大変だよトモ」

「なんで俺がナンバーワンなのか、ほんと、分からないんですけど」

「お客様は意外にマゾヒストだってことじゃないか？」

龍司は笑って知尋の肩を軽く叩いた。

そこに、他のリスナーたちが「おはようございまーす」と言いながら控え室に入ってくる。みなラフな服装でこのビルに入り、控え室で「それぞれに似合った制服」に着替える。面倒臭いが、仕事とプライベートの区別がつかなくなったお客様にストーキングされないためでもあるので仕方がない。

「トモさん！　今日の俺、決まってます？　ねえ格好良い？」

実の弟のように懐いてくるのは二歳年下の日夏《ひなつ》で、とにかく女性顧客にモテる。黙っていればクールビューティーなのに、喋ると口から恋愛話しか出てこないので、知尋はいつも「お前の恋愛脳を眠らせろ」と言っている。

知尋にお客様との一時の恋物語は関係ないし、望んでもいない。何せ女性に興味がない。自覚したのは高校生の頃だが、告白しなかった初恋は美しい思い出として今も心の中にひっそりと佇んでいる。今は前向きに、「初めての恋人」と出会うことに情熱を傾けていた。

自分がゲイだと分かっても、あまりに理想が高すぎるのか、知尋は今まで彼氏ができたことがない。そして童貞で処女だ。できれば処女は守っていきたいが、理想の相手に迫られたらそこは任せようと思っている。彼氏色に染まるのもアリだ。

「トモさん、今度の休みに一緒に遊びに行きましょうよ。ね？」

「無理。俺にはやることがある」

アグレッシブに外出して、理想の恋人を探すのだ。後輩と遊んでいる暇はない。

「そんなー。一緒に遊んでくれてもイイと思うけどなあ」

「うるさい」

「そうよ、日夏ちゃん黙って。みなさん、おはようございます」

颯爽と現れた、パンツスーツにヒールを履いた、ゴージャスな巻き毛の二メートル巨美人は「ベルベットリップ」の支配人・羽浪月渚《はなみるな》。以前は男性だったが今は女性として人生を楽しんでいる。

支配人の登場に、それまでのんびりしていたリスナーたちは表情を引き締めて挨拶を返した。

「本日、予約のお客様のキャンセルはありません。各自携帯端末のスケジューラーを確認して。それと、トモには新規のお客様をお願いします。よろしくね？　うちのナンバーワンちゃん」

リスナーたちがざわつき、知尋は眉間に皺を寄せて「なぜ」と言った。

ナンバーワンだからこそ新規の客は受けない。それが「ベルベットリップ」の方針であり、知尋のプライドだった。他のリスナーたちも、一体何が起きたのかと視線を交差させる。

「うん、ごめん！　思いっきり、とびっきり、とてつもないほどの上客になりそうだから、店の方針を曲げるけど、是非ともトモに相手をしてもらいたい」

金が絡むといつもいい顔をするなと思いながら、輝く微笑の月渚を睨む。ここでごねても仕方がないか。だったらせめて指名料は倍額いただきたい。

「特別料金だろうな？」

「当たり前でしょ。それでもいいから、うちのナンバーワンを指名したいんですって」

「……性別は？」

「男性。声がイケメンだったから、きっと顔もイケメンよ」

きゃっきゃと楽しそうな月渚を横目に、知尋は小さなため息をついた。後ろから日夏が

「大丈夫ですか？　あとで俺が慰めてあげましょうか？」と言ったが、一体何をどう慰めるのか。知尋は眉間に皺を寄せて首を左右に振った。

「まあ、トモに任せておけば大体はどうにかなる。頼んだ」

龍司にも言われてしまったので、せいぜい頑張らせていただく。知尋にとっても彼は大

事な先輩。そして「ベルベットリップ」の良心でもある。

「分かりました。お客様の資料をください。ところでスーツでいいんですか？　もっとも俺は、別のコスチュームに着替えてくれと言われても着替える気はありませんけど」

知尋の「制服」はスーツで、この店に就職してから一度も変わらない。顧客の趣味によって変えるリスナーもいる中で頑なにスーツ姿を守っている。スーツにワイシャツ、ネクタイに靴を何通りか揃えて、組み合わせを変えていけば悩むこともないと、今もそう思っている。それにスーツや小物であればお客様もプレゼントしやすいという悪知恵も、入社して半年頃には働くようになった。

実際、知尋が身に着けている物で自分で買ったのは下着とハンカチぐらいで、それ以外は自分を指名してくれる顧客のプレゼントだ。よくサイズが分かるなと感心していたら、ある日支配人が笑顔で「彼のサイズはねえ」と答えている姿を目撃した。あの女……と、支配人が聞いたら「女扱いされた！」と喜んでしまう悪態をつきながらも、知尋はプレゼントはありがたく受け取っている。

今つけている腕時計も靴もそれだけで一財産で、この間シエルに「トモさんって歩く不動産」と笑われた。言いたいことは分かるが「不動産が歩くかよ」と心の中でツッコミを入れた。

「はいはい。みんなも今夜の予定をチェックしてー」

支配人の月渚は、他のリスナーたちに今日の予定を再確認させていく。

あと五分ほどで仕事の時間だ。

知尋は控え室の壁の一面を占めている巨大な鏡の前に立ち、身支度の最終確認をした。


お客様は予約時間厳守で、まずフロントで支配人から部屋の鍵を受け取る。鍵はただ一つの扉しか開くことができない。そして開いた扉の向こうに、指名したリスナーが待っている。

完全防音の六畳ほどの室内には、お客様用の革のカウチソファと、向かいにはリスナーが腰を下ろす一人掛けのビロードのソファがある。室内は上品なアンティークの調度品で飾られ、窓が小さくとも息苦しさを与えないレイアウトになっている。照明のスイッチは存在するが、お客様たちは不思議と蝋燭かランプの明かりを求めた。

「さてと」

新規の客は時間厳守できるのか？　遅れてきたら俺は相手しねえぞ、おい。どんな金持ちでもだ。

知尋はニヤニヤと意地の悪い笑みを浮かべ、扉の前に立つ。あと十数秒もない。時計に視線を落とすのをやめた。

カチャリと、鍵が鍵穴に入って動く音がする。時間厳守の新規客に「よし」と頷き、ドアノブがゆっくりと回る様を見た。扉が開くと、そこに一人の男が立っていた。

知尋より十センチほど長身だろうか。目線は完全に上だ。上品なスーツをさり気なく着こなせているのは、体格がしっかりしているからだ。焦げ茶色の柔らかそうな髪に、切れ長の目。栗色の瞳。淡い照明でも睫が影を作っているのが分かった。これで黒髪だったらクールビューティーと思うだろうが、髪の色のお陰で人なつっこく見える。可愛い。

彼はじっと知尋を見つめたまま、動こうとしない。どう動けばいいのか分からないのか、それとも今更怖じ気づいているのか。

知尋は「マニュアル通り」に彼に手を差し伸べる。だがいつもよりワンテンポ遅れた。

「ようこそいらっしゃいませ、宮瀬《みやせ》聡太《そうた》様。リスナーのトモと申します。今夜はよろしくお願いいたします」

どうせ、単なる好奇心でここに来たんだろう？　大企業グループのお坊ちゃんめ……と扉が開く瞬間まで思っていた。なのに。

知尋は両手の拳を突き上げて歓喜の叫びを上げたいのを、己の理性を総動員して必死に堪えた。ここは職場だと呪文のように言い聞かせた。なぜなら。

「こちらこそ初めまして。我が儘を通していただけてとても嬉しいです」

笑顔が眩しい。ヤバイ。キラキラしてる。なんなんだこの美形。モデルか？　俳優か？　バックに花が咲いて見えるぞ！　芸能人？　テレビで見たことないんだけどっ！　と言うか……俺の理想の男が目の前に！　どうしよう俺！

脳内にハレルヤが響き渡った。

こちらへどうぞとエスコートをしながら、手汗が滲んでないか密かに確認する。大丈夫。完璧な横顔を見つめて「お飲み物はいかがなさいますか？」と尋ねたら、「ウイスキーをロックで」と言われたので、すぐさま特製のメニューを差し出す。

「うーん」と小首を傾げながら悩んでいる姿は、ほんと天使かこの人。どこかに翼でも隠してんじゃないのか？　と疑ってしまうほど可愛かった。ありがとう神様、どこかの神様。この人と出会えて俺はとても嬉しい！

心の中は愛の暴風雨。理想の男が目の前に現れたら、そりゃあ一目惚れするしかない。第一印象は大事だ。高すぎず低すぎない声も良かった。耳元で名前を囁かれたら嬉しくて気絶する自信はある。

知尋はウイスキーの銘柄を聞き、備え付けのアンティーク風の電話で厨房へ伝えた。

「あの、トモさん」

「はい」

「はは、今頃になって緊張が解けました」

照れくさそうに笑うな！　可愛いなお前！　くっそ、これが仕事でなかったら絶対にモノにしてたのに。……いや、むしろ体だけの関係から始めれば後腐れなく……いや待て。初めての相手と体だけの関係なんて俺は嫌だ。やはりここはちゃんと恋人同士になりたい。だって俺、初めてなんだから！　ほんと、今まで出会いを待っててよかった。俺の初めてをお前に全部くれてやるぞ！

心の中は相変わらず愛の暴風雨のまま、知尋は「それはよかったです」と人なつこい笑みを浮かべた。すると聡太は「笑うと可愛いんですね」と目をぱちくりさせる。

「可愛いと言われると複雑ですが、そうおっしゃるお客様も多いです」

「あ、そうですか。私は『可愛い』って言われるのに慣れちゃってるんで、あまり気にしないんですけど……すみません」

「この部屋の中ではかしこまらなくてもいいんです。普段の口調で構いません。その方が話しやすいと思います」

「あー……わかりました。では、遠慮なく」

聡太は笑顔でソファに身を沈め、右手で前髪を掻き上げた。

「その、ええと、女子がウザくて、ほんと。俺に何かを期待されても困っちゃうんだけど」

え？　ええ？　それが普段の口調かよ。第一印象は白馬の王子様だったけど、なんかチャラいぞ？　でもそういうギャップも嫌いじゃない！

うんうんと頷いたところで、ボーイがトレイに飲み物とつまみを載せて現れた。小さな丸テーブルに、琥珀色の液体が入ったグラスを置く。一口チョコレートとドライフルーツの盛り合わせ。知尋にはミネラルウォーターの入ったグラスだ。

「知尋さんは水？　まさかそれ、ウォッカとかじゃないよね？」

「は？　んなわけあるかよ。俺は下戸なんだ」

口調は穏やかだが、言葉使いは乱暴。つい、常連のお客様と話すような口調になってしまった。慌てて口を噤《つぐ》んでももう遅い。聡太は「本当にナンバーワンなの？　俺、騙された？」と笑いながらツッコミを入れた。

「悪かったな。これでも本当にナンバーワンだ。俺のポリシーは客を甘やかさないってことなんだよ。この口調が受けてる」

まあいい。聡太が笑っているのでいつもの自分に戻ろう。本当の自分を知ってもらうことは大事だ。あとから「詐欺じゃないか」と文句を言われることもない。

「話をしに来てる相手を甘やかさないって……酷いなあ。俺はMじゃないのでどうしよう。殴られたりする？　ほら、この店って……」

「殴るかよ。そういうプレイはＳＭクラブでやってくれ。丁度隣のビルが会員制の高級ＳＭクラブだ。支配人に言えば紹介してもらえるぞ」

「俺は痛いのも痛くされるのもだめなんで無理。……ところで、トモさんって結構若いよね？　人の話を黙って聞くって言うから、もっと年上の人を想像してたんだけど……凄く若い感じ。年が近かったら嬉しいな」

「二十六が若いなら若いんだろうな」

「俺より二つ上なのかー。口調が若いからてっきり二十歳ぐらいかと。二歳年上ならジェネレーションギャップはないか。よかった」

あははとバカっぽく笑われて、こちらもつい笑ってしまう。無邪気だな、おい。

「さあ、リラックスしたところでなんでも話せ。俺が聞いてやる」

「男性リスナーも膝枕とかしてくれるの？」

「するヤツもいるぞ。俺はしないが」

するると聡太は目をまん丸にして「ここ、風俗だよね？」と尋ねてくる。

確かに、「ベルベットリップ」は風俗店だ。お客様の愚痴を聞く他に、お触りも許している。上顧客が相手になると、かなり際どいところまで許すスタッフもいるらしい。チップも存在する。ただし挿入、いわゆる本番は決してない。それがしたければそういう店に行けばいい。この店はお客様の秘密を守り、秘密を共有する、精神的な繋がりを重視するところだ。

「客が愚痴を言ってお触りして癒されて帰っていく店なんだよね？　ここ」

「お触りを許すか許さないかは、リスナーが決めることだ。そして俺は、今の今まで膝枕どころかお触りすら許したことはない」

愚痴を聞いて、叱咤激励する。真剣に話を聞いて、問われたら意見を言う。客に媚びたことはないがいつも真剣だ。これが自分のスタイルで、だからといって他のリスナーをバカにすることはない。人それぞれやり方がある。バラエティに富んでいるからこそ、この店は利益を上げているのだと、知尋は思っている。

「思った通り面白いナンバーワンだね、トモさん」

「膝枕をしてほしいなら、他のリスナーと代わるか？」

勿体ないけど。せっかく理想の顔に出会えたのに勿体ないけど、お客様が満足しなければこの仕事は成り立たない。本当は、もう少し話をして、あわよくば連絡先を手に入れたかった。

だが聡太は笑顔で首を左右に振った。

「だって、俺があなたを指名したんですよ？　新規の客なのに店のナンバーワンを相手にしたいと我が儘を言った。チェンジするわけない。そんな勿体ないことはしないよ」

「そうか」

「それにその、初対面で膝枕をしてもらうのは図々しいです……」

へえ、男の硬い太腿より、女子の柔らかい太腿の方が好きですって言うのかと思いきや。俺は男の太腿の方が好きだがな！

知尋は口元だけで笑って頷き、「ここで言いたいことを言って、スッキリして帰れ」と言った。

「女の子にモテるのがウザい。付きまとわれるのは嫌だし、騒がれるのも嫌だし。かといって引きこもりはできないんですよー。ある程度は仕事しないと親や兄たちに怒られるし。姉たちにはどこぞへ婿養子に行けって言われるし」

「随分と贅沢な悩みだな。綺麗な顔をしてるヤツの悩みは想像つかない」

「俺まだ二十四なのに、十歳も年上の人と結婚して、そこんちの婿養子になるとかやだし。勝手に許嫁にされていた相手と婚約を解消するのも大変だったし。もっと遊ぶ……違う、なんて言ったらいいか、もっといろんなものを見たいし体験したい。仕事とか結婚に縛られたら、俺は多分枯れて死ぬ」

「死ぬのは勿体ないな」

そんなに綺麗なのにと、つい口を滑らせたら、聡太はニッコリと笑って「ありがとう」と言った。謙遜しないのは言われ慣れているからか、それとも賞賛には素直に答えるよう躾けられているからか。美形が謙遜しても腹が立つので、平然と受け止めてくれる方が聞いていていて清々しい。

しかし本当に勿体ない。枯れさせるくらいなら俺にくれよ、お前の体。ちょっとバカっぽい性格は、俺が日々矯正してやるから。知尋は本気でそんなことを考える。

「トモさんに『綺麗』って言われるのは嬉しいなあ」

「出会って十数分の男に言う台詞かよ」

「いいの。ギャップ萌えって嫌いじゃないんだ、俺」

「俺のどこがギャップ萌えなんだ？　ただの口の悪い男だぞ」

「でも話しやすい。人のガードを崩すの上手いでしょ？　これがボクシングの試合だったら、俺は今頃ボコボコにされてリングの上に転がってる。思った通り、生身のトモさんは本当に素敵だと思う」

聡太は背中を丸めて膝に肘を乗せ、綺麗な顔をずいと知尋に寄せた。キスには少し遠い距離だが、美形を堪能するには丁度いい。毛穴レス。そして荒れてもいない。唇まで手入れをしているのかプルプルと瑞々しい。女子垂涎の肌にはつい触ってみたくなる。だが、リスナーからお客様に触れてはならないのだ。

触れるならお客様が先。

けれどお客様は、リスナーの承諾がなければ触れることはできない。

ここはある意味密室なのだから、自分から触れるくらいの積極性は見せたいところだが、支配人曰く「そういうポリシーなのよ。オーナーが決めたの」だそうだ。腹立つ。

「俺って自社株の配当金で生活できるし、派手な趣味もないから貯金はいっぱいあるんだ。なんにも不自由することなく生きてて……これでいいのかなって思ってて。でもこんな話をできる人ってそうそういないでしょ？　嫌みじゃないのに嫌みかって突っ込まれて終わりなんだろうな」

カラコロと、聡太が両手で持ったグラスが揺れる度に中の氷が小さな音を立てる。知尋はそれを見つめながら、呆れ声で「だろうな」と言った。

おいこらスーパーお坊ちゃん。深窓の令嬢ならぬ深窓の令息だな。働かなくても食べていけるって凄いことなんだから親に感謝しろよ？　あー……なんかこいつ、悪いヤツらに騙されそう。バカっぽいし。

訂正。バカというよりもきっと育ちが良すぎるのだ、この客は。

「俺のことを叱る？」

なんだその、期待に満ちた目は。叱るより抱き締めたくなるからやめろ。可愛い！

知尋は首を左右に振った。

「叱るっていうか……んー……何かやりたいことはないのか？」

「あー、あんまり。それに俺が何かしても、兄さんや姉さん達に敵わないしさ」

「いや、それは関係ないだろ」

「でも俺にできることはないんじゃないかな。だから両親も、俺に自社株を持たせたんだろうし。何か勝手なことをしても、俺はきっと上手く行かない」

「なんだそれ」

知尋の口から低い声が漏れた。

聡太は首を傾げてこちらを見ている。ああちくしょう、ほんと、可愛いなお前。お前が俺の恋人になってくれたら、いくらでも尽くしてやるんだけど。俺に落とせるかな？

今まで誰一人落としたことはないが、今ならどうにか行けそうな気がする。ああでも、俺がゲイだと言わずに外堀から埋めていくのは、スッキリしない。そんな清らかな目で俺を見るな。ほんと睫長いな。この角度でも顔に睫の影ができてるのが分かる。

「トモさん？」

「何もやってないのに結果が分かるわけねえだろ。それともお前には結果が見えるのか？　未来が見えるのか？　お前は超能力者かよ」

「え？　いや、その……」

「本当に、やりたいことはねえのか？　坊主」

我ながら酷い声だ。低く掠れて威圧感が満載。おそらく顔も眉間に皺が寄って、かなり凶悪になっていると推測できる。だが怒鳴り声を出さないだけましだ。可哀相に聡太は長い手足を小さく折り畳み、ソファに沈んで怯えている。

「やりたいこと、本当にねえの？」

今度は少しだけ優しく言った。すると聡太の目が戸惑いに揺れる。なんだほら、言いたいことはあるんじゃないかと、知尋は「言ってみ？」とこれ以上ない優しい声で囁き、右手で彼の頭を優しく撫でた。

「本当は、その、あるんですけど。俺が勝手に好きなことをしていいのか、分からなくて。……だって失敗したら、みんなに迷惑がかかるし。俺はそんな器用な方じゃないから、だったらしない方がいいかなって」

拗ねた小学生のように唇を尖らせて言う様が可愛い。美形の子供っぽいところは大歓迎だ。もっと違う顔も見せてほしいと思いながらも、仕事は忘れない。

「一度も失敗しない人間なんていねえっての。まあ、成人してから挫折を味わうと、折れたまま引きこもりってパターンもあるけどな。お前は大丈夫だと思うぞ？」

「根拠のないことを言われても」

「俺のお得意様は、俺を指名してからみんな成功してる」

すると縮こまっていた聡太の手足がするりと伸びて、表情も少し照れくさそうな笑顔になった。可愛い。できることならあとで写真を撮らせてもらいたい。とてもいい顔だ。

「じゃあ……俺も、お得意様になる！　常連になる！」

「そう易々と、俺の客になれるかよ。俺はこの店のナンバーワンだぞ？　しばらくは順番待ちだ」

「そんな！　俺を見捨てるんですか？　トモさん。そこまで言ったなら、俺に任せろぐらい言ってください。俺、どこまでもついていきますから！」

ついていくって……お前は散歩でハイになった犬か、おい。でも、お前が犬なら俺には買えないような血統書付きの高価な犬なんだろうな。犬ならこうやって俺から触っても構わないし…………えっ！

知尋は慌てて聡太の頭から右手を引っ込めた。

「どうかしたんですか？」

「いや、別に」

リスナーからお客様に触れてはいけないというルールを、新規の客である彼が知るわけがない。だが失態は失態だ。どんなに触り心地のいい柔らかな髪だったとしても、お客様が「触ってくれ」と言わない限り、自分が触りたいだけで勝手に触れてはならないのだ。

「俺、トモさんと話をしていて、自分に自信がついてきました」

「それはよかった」

「それに、今まで言えなかったことを言えてスッキリ」

「他に言いたいことは？　時間はまだあるから焦らずな？」

優しく言ってやると「俺、トモさんのことが好きです」と嬉しいことを言ってくれた。好きというか愛してくれて構わないんだぞと言いそうになったが、そういう気持ちは隠しておく。気味悪がられて二度と店に来なくなったら困るからだ。最高の逸材が向こうから飛び込んできた。千載一遇のチャンスを逃すバカがどこにいる。そして最終的に初体験の責任をとって恋人になってほしい。自分勝手は百も承知だ。

「トモさん」

「ん？」

聡太は三分の一ほど中身が残ったグラスをテーブルに置き、いきなり知尋の両肩を掴む。

「おい」

「お得意様以上の関係になりたいと思っちゃだめ？　俺の話だけを毎日聞いてくれるようにするにはどうしたらいいの？」

「は？」

「……トモさんみたいに、親身になって俺の話を聞いてくれた人は今までいなかった。みんな、俺は手がかからないいい子としか思ってない。確かに俺は好き嫌いもないし、風邪も引かなかった。悩ませたのは学校の成績ぐらいだったし」

「バカだったのか……」

「こういうことはあんまり言いたくないけど、俺、客」

「すまん、つい本音が」

笑いながら謝罪すると、「ひどい」と言って眉を寄せる。ああ、美形っていうのはどんな表情でも似合うんだな。

「騙されそうって言われたことはあっても、バカと言われたのは初めてだ」

「だから本当に悪かった。そしてもう離れろ。俺は『お触り禁止物件』だ」

「風俗店なのに。抱き締めるぐらい……」

「うるせえ。ゲイじゃないのに、なんで男に触りたいんだよ」

「俺がストレートだってどうして分かるんですか？」

それは俺がゲイだから……とは言わない。ここでカミングアウトをしてもよいことは一つもない。だから「長年の勘」と、いかにもな嘘をつく。

「スキンシップです。ゲイとかストレートとか関係なく、俺、トモさんのこと好きだし。親しくなるにはスキンシップは大事だと思うんですよ、俺は。ね？」

「なんだよ、いきなり敬語になって」

「だってトモさんは俺の女神だし！　女神にタメ口きけないでしょ？」

「は？」

「女神は優しいだけじゃなくて怖い面も多々あるんですよ？　トモさんのさっきの怖い顔、かなりやばかったです。俺、この部屋から生きて帰れないと思いました。でもほら！　女神だと思えばなんの問題もない。だから最初は手を繋ぐところから！　俺にトキメキをください！」

「意味が分からない」

「俺もちょっと分からなくなってきたんですけど、とにかく俺は、人から怒られたり優しくされたり、一度にいろいろしてもらうのは初めてなので、とても嬉しいんです。感動してます。ほんと、ここに来てよかった。百聞は一見にしかず。トモさんの愛って深くて無償で……」

恋人になりたいと思っている男にそこまで褒められて恥ずかしい。しかも最高の微笑みまでついてきた。なんだお前、俺はそんないい人じゃない。知尋は心の中で盛大にため息をつく。

「だからね？　お互いもっと知り合うためにスキンシップは必要だと思うんですよ。手を握るとか肩を組むとか、あとは……ええと……抱き締める？　トモさんは俺の女神だから問題ないですよね？」

問題ないというか、聡太に触ってもらえるのは最高に嬉しい。しかし、それだと仕事におけるポリシーを曲げることになる。仕事とプライベートは別に考えたい。だから。

「そういうことは、同伴するときにしろ」

「分かりました！　同伴出勤なら少しでもトモさんを独占できますもんね？　最初はそこから。すぐに俺だけのリスナーになってもらいますから待っててね？　トモさん」

美形の、縋るような上目遣いに胸がキュンとする。

いや、いやいや、できれば俺はお前を恋人にしたいんだよ。無理だとしたらセフレでもいい。とにかく俺は、お前と初体験をしたい！　抱くか抱かれるかは、そのときの雰囲気でいいから！

心の叫びは実に欲望に忠実だ。誰かに聞かれでもしたら恥ずかしさで死ねる。知尋は「俺は安くないからな？　せいぜい頑張れよ？」と言って微笑んだ。


「それでね？　トモさん、中学の修学旅行はほんと大変な目に遭ったんですよ！　どうして女子中学生って束になって歩きたがるんですかね。男同士の方がまだ楽です」

聡太は時間いっぱいまで自分のことを語った。

生まれたときはこうだったらしいとか、幼稚園ではこうだったから始まり、中学二年生のときの修学旅行の話でタイムリミットとなる。

「俺のこと、もっといっぱい知ってくださいね？」

「俺はお前の恋人かよ」

「それも素敵だと思うけど、今は女神です！」

間髪容れずに言い返した聡太の顔は真剣で、知尋は思わず眉間に皺を寄せた。だが聡太はそれに気づかずに笑顔で話を続ける。

「言いたいことをたくさん言えました。誰かに話を聞いてもらいたいって欲求が満たされると、こんなにスッキリするもんなんですね。随分思考がクリアになりました。俺、トモさんに出会えて本当によかった。毎日でも話を聞いてもらいたいんですが……ナンバーワンリスナーのトモさんを束縛したいけど、今はそこまでの我が儘は言えないですよね？……せめて連絡先の交換をさせてもらえませんか？　だめですか？　好きな人のことを知りたいって思っちゃだめですか？」

そう言いつつ、上目遣いでおねだりする仕草があざとい。おそらく本人は無意識の行為だろうが、知尋には絶大な効果を発揮した。

可愛いんだよこのやろう！　教えてやるさ、教えてやるとも！　メルアドも電話番号もSNSのアカウントも教えてやろうじゃないか！　だからお前のも教えろよ！　あと写真撮らせろ！

心の中で一通り騒いだあと、知尋は「ふう」と息をついて頷いた。むしろこっちの方が喉から手が出るほど連絡先がほしいとはおくびにも出さず、仕方がないなという困った笑みを浮かべて、ナンバーワンの余裕を見せる。

「いいぞ。ただし……いつも電話に出られるとは限らないし、メッセを送られても即座に既読返信は無理だ。俺には俺の都合があるし、他のお客様との付き合いもあるからな」

「それでも構いません。やった！　俺、男の友達のアドレスが少ないのがコンプレックスだったんです。そこに女神様のアドレスが入るなんて最高だー。友達に自慢しよ！」

「どんな友達か知らないが、それはやめた方がいい」

「え？　みんな俺と同じで生活に困らないけど何して生きていこうって言ってる連中です。類は友を呼ぶ？　みたいな？　だから俺はトモさんをみんなに自慢したい！　この人が凄い怖い顔で俺を叱って、でも優しい声で頑張れって言ってくれた人だって自慢したいんです」

可愛い。可愛すぎて、実は二十四歳じゃなく十四歳じゃないのかと疑ってしまう。育ちがいいってことは、生活環境もよかったんだな。ふわふわとした真綿の宮殿で、なんの不自由もなく暮らしているとそんなピュアピュアな天使に育つのか。お前絶対に、背中に純白の翼を隠してるだろ。なんだか感動して涙が出そうになった。

聡太は嬉しそうに楽しそうに話しているだけなのに、どんどん遠い人間に感じてくる。面と向かって住む世界が違うのだと言われているような気がする。こう思ってしまうのは、自分の育った環境にコンプレックスがあるからだ。それでも今は、胸の奥にじわりと滲んだ泥水を見なかったことにして、「交換」と携帯端末をスーツのポケットから取り出した。

「教えてやるから写真撮らせて」

そう言って、聡太の顔を携帯端末で撮った。被写体がいいと普通の写真も光り輝く。とんでもない事実を知ってしまった。

「俺もトモさんの写真を撮っていい？」

「やだよ」

「一枚だけ。お守り代わりに一枚ください女神様！」

お前な、自分が可愛いって知ってるだろ。その上目遣いが使えるって分かってるだろ？ちくしょう。そんないたいけな目で俺を見るな。

仕方がないと、知尋は一枚だけ写真を撮ることを許した。でも笑顔なんてない。いつもの、少し怒ったような真面目な顔だ。それでも聡太は「くじけそうになったらトモさんの写真を見ますね」と可愛らしいことを言って、知尋の心臓を鷲掴んだ。やはり二十四歳は嘘だと思う。

扉がノックされ、ボーイが「お時間です」と聡太を迎えに来た。

「じゃあ、気が向いたらまた来ればいい」

「絶対に来ます。次は順番待ちになると思いますが、それでも俺はあなたを指名します。待っていてくださいね」

聡太は知尋の右手を両手でそっと握り締め、自分の頬に擦りつける。

「勝手に触るな」

「でもトモさんは嫌がってませんよね？」

聡太は悪戯が成功した子供のような嬉しそうな笑顔で部屋をあとにし、彼を連れに来たボーイは「トモさんがお客様に触ることを許した」と呟きながら、見送るために聡太の背中を追った。

最悪だ。せめて二人きりならどうにでもごまかせたのに。こともあろうにボーイに見つかるとは。

「純真なお坊ちゃんの天然っぷりにしてやられた」

それでも、彼の頬に触れることができたのは幸運だった。すべすべの肌の触り心地は最高だ。これもいわゆるラッキースケベだ。期待していたわけじゃないのだから。次会うまでこの感触を覚えていられますように。……ていうか、アレだな、そうそうに同伴出勤に持ち込もう。絶対に逃がさない。俺が必ずモノにする。

「トモちゃん、すっごい悪い顔してニヤニヤしてるけど、宮瀬様と何かあったの？　というか、あったわよねえ。手を握られたんですって？」

中途半端に開いていた扉の間から、支配人の月渚が顔を出していた。彼女は笑顔のまま後ろ手で扉を閉めて、知尋に近づく。

「そりゃあ仕方ないわよねえ？　だって宮瀬様は、トモちゃんのドストライクなんだもんね？　というか、あれほどの美形でないと心が揺れないって、あなたはほんと、どれだけメンクイのゲイなのよ」

「俺の処女か童貞のどちらかを捧げるんだ。それに関しては俺は絶対に妥協しない。それと！　その……っ、多分、そのうち……同伴、すると思う」

月渚が目を見開いた。そんなに大きく見開くとつけ睫が取れるぞ支配人。第一驚かれるようなことを言った覚えはない。

「うちのナンバーワンが初めて……お客様と同伴を！　ねえ、そんなに気に入ったの？　そこまで宮瀬様が好きなの？　トモちゃん」

月渚はよろめくように知尋の肩を抱き、真剣な眼差しで尋ねる。

「一目惚れだ。俺、あの顔が大好き。完璧すぎる。誰にもやりたくない。性格は多少難があるが、それでも俺が傍にいてやればどうにかなる。可愛いし。もしあいつに変な趣味があっても耐えられると思う」

「真面目な顔で変なこと言わないで。宮瀬様って、ストレートでしょ？　ゲイじゃないのよ？　トモちゃん」

月渚の、きっちりセットした縦ロールの髪が揺れる。どんなに揺れても崩れない鉄壁のロールは健在だ。

「分かってる。だから……」

「だから？」

「全力で落とす」

「全力……ですって？」

「それで万が一落とせなかったとしても、全力を出したなら後悔しない。また別の男と出会えばいい。できれば三十前に処女か童貞を捧げたいと思っている」

「トモちゃんレベルだったら、三十代でも四十代でも大丈夫。あなたの恋人になった人は、『処女でいてくれてありがとう』と絶対に言うわ」

自分の顔は、いいところ中の上。体の方はジムに通っているからある程度は引き締まっている……ぐらいしか把握していないが、支配人がそう言うならそうなのだろう。

「そこまで本気とは思わなかったわ！　頑張って恋人同士になって！　そして素敵な初体験をしてね！」

「ありがとうございます。頑張ります。ロマンティックな初夜大事」

外は秋風が吹いているが、知尋の頭の中は春満開だった。

最後のお客様を見送ってリスナーの控え室に入った途端、その場にいたリスナーたちが奇声を上げながら知尋を質問攻めにした。

「トモさんがお客様とキスしてたってそれほんと？」

「よく許したよね？　そんなにいい男だったの？」

「どんな心境の変化？」

「私、凄い美形のお客様って聞いたんだけど？」

などなどうるさい。ここでプライベートを語るつもりはないので「隙を突かれた」と答えると、今度は「トモさんの隙を突くって……お客様は忍者？　アサシン？」と酷いことを言ってざわめいた。

「お前らの中で俺はどんだけスーパーマンなんだよ」

「というか！　その客は二度と取らないでくださいね！　トモさん！　俺の大事なトモさんが汚れてしまう！」

小さく笑う知尋の横で、日夏が顔を真っ赤にして怒りながら、どさくさに紛れて抱きついてくる。それを見たシエルが「私も～」と言って突進してきた。他のリスナーたちも「俺も」「私も」とジリジリ寄ってくる。

「はいはい、お前らもいい加減にしろよ？　帰る時間なんだからさっさと控え室から出さい」

着物から私服へと着替えた龍司が、手を叩きながらリスナーたちを散らしていく。最年長の龍司にそう言われてまで我が儘を言うリスナーはいない。みな名残惜しそうに離れていった。

「いろいろと……災難だったな、トモ」

「はい、ありがとうございます。龍司さん」

笑顔で礼を言うと、耳元で「オーナーとこのあと飲みに行くけど、お前も来るか？」と誘われた。おそらく聡太の一件をいろいろ聞きたいのだろう。だがあれは大事な思い出で、人様とは共有したくない。

ちょっとだけ我が儘を言わせてもらおう。

「気持ちだけいただきます。俺、今夜は家に帰って今後の対策を練りたい」

そうだとも、俺を女神と言うストレートを落とす算段をしなければ。

知尋はニッコリと笑ったつもりだったが、龍司に「凄い悪い顔で笑ってるんだが」と引かれてしまった。

「まあ、そういうことなら仕方ない。また今度」

「はい、ありがとうございます」

礼を言って、着替える。

着ているものは各自のクリーニングボックスに入れておけば、綺麗な状態で戻される。店と提携しているクリーニング店は腕がいいし、自分でわざわざ出しに行くのは面倒なのでありがたい。

ストライプのシャツを着てコットンパンツを穿く。その上に薄手のカジュアルジャケットを羽織った。足元は上等なオックスフォードから丈夫なローファーに変わった。

髪を手櫛で掻き上げて、ボディバッグを斜めがけする。後ろで日夏が「高校生みたい。可愛い」と笑ったので、一発蹴りを入れてやった。

「ねえねえ、帰りにラーメン食べませんか？　こないだ言ってた、新しいラーメン屋！」

蹴られてもくじけずに話しかけてくる日夏に、「今日はパス」と言って、振り切るようにドアへ向かう。とにかく今夜はさっさと帰宅して、ドラマティックなひとときをゆっくりと反すうしたい。

恭吾が「日夏が振られてる」と余計なことを言ってくれたお陰で、日夏の感情の矛先が恭吾に移った。彼はなんで自分が怒鳴られるのか今一つ分かっていないようで、「ほんとのことだろ」と言い返す。周りはいつものことだしとまったく取り合わない。

仲裁の入らない日夏と恭吾は、二人でしばらく言い争っていた。


ビル地下の駐車場では、店のボーイたちが今度は運転手になる。

リスナーたちは店が用意した大型のワゴン車にそれぞれ乗り込み、希望の場所まで送ってもらうのだ。店の閉店は午前零時半。どんなに急いでも、みな途中で終電がなくなってしまう。以前はタクシーに相乗りしていたそうだが、タクシーの運転手がリスナーの一人をストーカーする事件があってから、現在の体制になった。

知尋はいつものように近所のコンビニエンスストアの横で下ろしてもらった。

今夜の出来事で胸はいっぱいだが腹は減っているので、誘蛾灯に誘われる虫のように、眩しい明かりの店内に吸い込まれていく。

五百ミリリットルのビールを一缶と、アンチョビ缶詰、冷凍のペペロンチーノをカゴに入れてレジに向かった。途中で、新製品の「ふわとろチョコレートムース」もカゴにいれる。これで完璧だ。お客様の前では下戸で通しているが、店で酒を飲みたくないだけだ。

アパートまで歩いて五分。外灯に照らされた寂しい道も、今日ばかりは真紅のバージンロードに見える。辿り着いたのは新郎の前でなくアパートの二階だが、ニヤニヤが止まらなかった。

鍵を開けて中に入り、手探りで小さなキッチンを通り抜け、ドアを開けて明かりをつけるとなんの変哲もない八畳一間の部屋が現れる。ここが知尋の「拠城」だ。

ジャケットをベッドの上に放ってからキッチンに戻り、冷蔵庫にビール缶を突っ込んで、代わりに四分の一にカットされたキャベツを取り出す。冷凍パスタを電子レンジで温めている間にキャベツをザク切りにしてフライパンで炒め、そこにアンチョビを三分の一ほど入れて混ぜ合わせた。小さなキッチンに旨そうな香りが漂う。一度火を止めて、温まったパスタをフライパンに入れて炒めた具材と軽く混ぜ合わせて出来上がり。残ったアンチョビはプラスチック容器に移して冷蔵庫に入れた。

「よし」

パスタのお供は缶ビール。小さな丸テーブルにでんと載せて、テレビのリモコンを操作する。深夜のバラエティに興味はないので映画チャンネルに変えた。アパートが電波障害地区で、大家が全室にケーブルテレビの配線工事をしてくれたお陰で、今こうして好きな時間に海外ドラマや映画を見ることができる。ありがたい。

「うわ、ホラーかよ。他になんかねえかな」

甘いものは大好きでホラーは苦手ということを聡太が知ったら「トモさんのギャップ萌え！」と喜んだだろう。彼の喜んだ顔も見たいが、全力で落とすと決めた以上、こちらの情報を大盤振る舞いするつもりはない。情報は小出しだ。

チャンネルをいくつか変えて、ようやく面白そうな番組に辿り着いた。海外のお宝買い付け番組。しかも吹き替えなので字幕を追わずに済むから楽でいい。

知尋は座椅子に腰を下ろし、缶ビールのプルトップを開けてぐびりと一口飲んだ。ビールの最初の一口は、とにかく文句なしに旨い。続けて湯気を上げているパスタを箸で掬い取る。家の中だから箸でいい。

「うん、旨い」

この食べ方を教えてくれたのは、酒を飲むのが大好きなお客様の一人だ。彼曰く偶然の産物だそうだが、一度作ってみたら旨かったし簡単なので、たまにお世話になっている。

「お坊ちゃんが食うかどうかは……分かんないけどな」

どうでもいいけど、聡太がおにぎりをほおばっている姿はちょっと想像つかない。あの顔は、どう見てもお洒落なサンドウィッチだ。料理はきっとフレンチだろう。イタリアンも大丈夫か、きっと、居酒屋に入ったことはないんだろうな。結構旨いのに。一度連れていって、驚く顔を見てみたい。あれだな、個室居酒屋がいいな。個室は大事だ。何をしても外から見えない。迫りやすい空間は最高だ。

自然と顔がにやける。

「まいったな……」

一目惚れするほど好みの顔が現れるとは思わなかった。しかも懐いてくれた。このあとの工作がしやすい。誰とも一度も付き合ったことはないが、誰にだって最初はある。とにかく全力だ。

宮瀬聡太を天根知尋に惚れさせる。

恋人同士になれれば万々歳、だめでも「思い出をくれ」と頼み込めばどうにかなりそうな気はする。今のところ想像だけだが。

「写メ撮っててよかった……」

パンツのポケットから携帯端末を取り出してテーブルの上に置いた。

待ち受け画面は笑顔の聡太。

「最高だな、この顔」

背景が「仕事部屋」というのを除けば。

「連絡……早くこないかな」

連絡先を教えてもらった場合、その日のうちにすぐ連絡するのはリスナーとして当然だが、今回は少々勝手が違う。こちらから連絡をしたら負けたような気がすると、知尋は携帯端末を睨み付けた。自分でも強情だと思う。だがどうしようもなかった。

蕎麦を食べるように素早くパスタを腹に収め、残っていたビールで喉を潤す。風呂は明日の朝でいい。

歯を磨こうと立ち上がった次の瞬間、携帯端末の電話着信音が鳴り響いた。発信者は「宮瀬聡太」。知尋は今すぐにでも電話を取りたい気持ちを必死で堪え、コール六回目で電話に出た。

「はい」

『トモさん、お仕事お疲れ様でした～。俺、今日は本当に楽しかったです。トモさんに出会えて人生が変わりました……！』

大げさなヤツだ。人生が変わったのは俺の方だっての。

知尋は小さく笑って、「子供の寝る時間は過ぎてるぞ」と言ってやる。すると聡太は『電話越しの声って大人っぽいですね』と言い返してきた。

「大人なんだから大人っぽくていいんだよ」

『すみません。トモさん、今うちにいるんですか？』

「ああ。これから寝るところ」

『そうですか。あのね……一つ悲報があるんです。いや俺にとってはほんと絶望で、あの店を買い取りたいくらい絶望で……』

「何言ってんだ？　お前」

『次回来店の予約のときにトモさんを指名したんです。そしたら三週間後だと言われました。もちろん予約指名はしました。しかし、俺の女神様に会えるのは三週間後』

ふざけんな！　どうなってんだよ支配人っ！　俺に協力するんじゃなかったのか？　頑張れと言ったあの言葉は嘘だったのか？　おいおいっ！

知尋は携帯端末を握り潰す勢いで強く掴んだ。

『俺……自分がやりたいことについてトモさんにいろいろ相談したかったんです。心の中に漠然としかないんですが、友人たちも俺に向いてるって言ってくれて……』

友達が背中を押してくれるのに、それでも、俺に相談したいの？　可愛いな、お前。ここにいたら抱き締めてやるのに。なんで俺たち、電波でしか繋がってないんだろうな。お前がゲイなら、こんなまどろっこしいプロセスなんかすっ飛ばして、「俺の初めてもらってくれ！」って言えたのにな。ほんと、上手く行かねえ。でも、今は、それにワクワクしてる。恋をしてるんだなって実感する。だから早く愛にしようぜ。俺の可愛い聡太。

『ねえトモさん。俺の話、ちゃんと聞いてる？　なんか喋ってください。不安になります』

「……プライベートでリスナーの仕事させんなよ」

ほんとは喜んで聞いてやりたいけど、がっついているように思われるのは嫌だ。どうでもいいプライドが知尋の心をチクチクと刺激する。

『仕事なんてさせてませんよ、俺。こうやって話してると、俺たち友達みたいですね。あなたは俺の女神なのに』

俺はお前の恋人になりたいんです。友達でも女神でもなく。

知尋は眉間に皺を寄せたまま「会ったばっかりの男に、ベタベタ懐くなよ」とわざと陽気に笑ってみせた。

『これから長い付き合いが始まるんですよ、俺たち。とにかく、あなたの予約をスムーズに入れられるくらいの上客になりたい』

「そうか」

『トモさんのおやすみはいつですか？』

「は？　店と一緒だけど？」

『土日ですか。……だったら今週の土曜日にうちのコテージに遊びに……』

「行かない。プライベートで、お客様とリスナーは会ったりしない」

『だって！　トモさんの指名がギチギチに入ってて、俺は同伴できないんですよ！』

「慌てんなっての。こうして電話で話してやってんだろ？」

『本人を前にして話がしたいです。あと、トモさんの手は温かくてフニフニしてて可愛かった』

なんだと……？　これはもしかしてさっそく脈ありか？　お前本当にストレート？

知尋が喜んだのも束の間、聡太は「うちの姪っ子ちゃんも柔らかくて可愛いんです」と言って落胆させる。扱いが子供と一緒かよ。

「あー………とにかく、俺はもう寝るから。長電話したいなら、金曜日の夜にかけてこい。いいな？」

『金曜まであと三日もあるので、短い電話なら毎晩でもいいですよね？』

喜んでっ！

通話でよかった。顔が緩む。

知尋は「分かった。じゃあな、おやすみ」と言ってさっさと電話を切った。顔が火照って心臓がバクバクする。握り締めた携帯端末が今度はメール着信音を響かせた。液晶画面を見てみると聡太からで、本文は「おやすみなさい」。可愛い絵文字付きだ。

「俺、寿命が縮むわ。これ、まじで死ぬわ」

このまま初セックスしたら本当に死にそう。でもきっとやりきって幸せいっぱいのまま死ねるんだろうな。

「……取りあえず、寝るか」

歯を磨いてベッドに潜ればすぐに夢の中だ。今夜はきっといい夢が見られる。

※　※　※

翌日、すっきり爽やかな気分で職場に入ったのも束の間、着替えが終わったと思ったら支配人に呼ばれた。

「ちょっといいかな？　私に付いてきて」

俺も一緒に行きますとしがみついてくる日夏を剥がして、支配人の後ろを付いていく。

ところが支配人は自分の部屋を素通りして、受付カウンターも通りすぎた。この奥にあるのはオーナーの部屋だけだ。そもそもオーナーは店にやって来ると、自分の部屋は使わずにリスナーたちの控え室で彼らと楽しそうにおしゃべりしている。

「俺、何かやらかしましたか？」

小声で支配人に尋ねると、支配人は「そうじゃないみたいよ」と笑った。

支配人は知尋をオーナー室に連れて来たと思ったらすぐに戻ってしまった。

「やあ知尋、元気にやっているかい？」

「ベルベットリップ」のオーナー・草園寺《そうえんじ》和人《かずと》は、最近また南国に遊びに行ったのか、秋だというのにいい感じに肌が焦げ、いや、日焼けしていた。パッと見は大変チャラいおっさんだが、堂々としているので上等なスーツがよく似合う。

「元気に仕事してますが……何か？」

「うんうん。宮瀬家の末っ子と仲良くなったと聞いてね。なんなら私の方からお前を指名している顧客に電話をして、予約を次回に延ばしてもらって、宮瀬の末っ子と早く会えるようにしてもいいんだよ？」

物凄く楽しそうな顔で言わないでほしい。こっちは真剣な付き合いを望んでいるのだ。

……が、オーナーの申し出はとても嬉しい。

「あの、オーナーはどこまで知って……」

「以前みたいに和人さんって呼んでおくれよ、知尋」

「他のリスナーに誤解を受けたくありませんから」

「私は君の身元保証人なんだから誤解されないよ。龍司だって知ってる」

「龍司さんは別です」

そう言ってやると、和人はわざとらしくしょんぼりした。

確かに彼は、知尋が高校を卒業したと同時に身元保証人になった。すぐに稼いで独り立ちしたいからとこっちの道に足を突っ込もうとしたときに、「取りあえず三年待ちなさい」と言った。知尋は二十一歳まで和人のマンションで暮らし、ハウスキーパーとして稼いだ金で一人暮らしを始めて、「ベルベットリップ」に入った。

「またそういう冷たいことを」

「言われて喜んでるくせに、従兄の和人兄さん」

「確かに従兄だけど、いい加減和人さんって呼んで。我が儘だよ知尋は。大学に行ってほしかったのに行かなかったし、ずっと一緒に暮らそうって思ってたのに、ほんとに三年で私のマンションから出て行くし」

「昔話を持ち出すなよ。俺、昔話は嫌いなんだから」

昔話にはどうしても家族が関わる。知尋の家は、彼がゲイだと知った日から両親は喧嘩ばかりになった。弟には口も聞いてもらえなくなった。みんな、早くこの家から出て行けと、知尋に無言で語った。

それを拾ったのが和人だった。両親は渡りに舟だったろう。元々堅い職業が多い天根の家系の中、風俗業に携わっていた和人は浮いていた。だから知尋を押しつけたのだ。

今は二人とも、天根の家とは絶縁している。

「そんな拗ねた顔しないの。ほら、可愛い顔に戻って」

「俺もう二十六歳なんだけど！」

「はな垂れのチビの頃から遊んであげてたでしょ？　よくお漏らししてたよな、知尋は」

「だから昔話は嫌いだって言ったじゃないかっ！　用がないなら戻るっ！」

「あるよ。お前ね、宮瀬の末っ子と本気で付き合うの？」

「これから全力で落とす」

すると和人は右手で顔を覆った。

「なんなの、その自信はどこからくるの？　相手はストレートだよ？」

「ストレートだからこそ、一度ぐらいゲイとしてみたいって思わないか？　俺は一度で終わらせるつもりはないがな！　いずれは恋人同士になる」

「ああ、そう……。知尋がそう言うならお兄さんは止めないけどね、相手は末っ子といえど大企業の息子だってこと、忘れちゃだめだよ？　いろんな意味で、住んでる世界が違う」

そんなこと最初から分かってる。和人の心配性は、知尋が二十六になっても変わらない。

「ありがとう。でも俺、大丈夫だから」

「失恋したら、胸ぐらいは貸してあげられるからね？」

「気持ちだけ受け取っておくよ。自分のことは自分でなんとかする」

和人は頷いて「仕事に戻りなさい」と言った。

「は？　それだけ？」

「私は知尋を心配しているから助言をね……」

そういう過保護的なものは必要ない。オーナーは従弟の年が二十六だというのを忘れたのだろうか。

知尋は真顔で「気持ちだけで胸一杯」と言った。

「その顔は怖いからやめてくれないかなあ」

「地顔です。それではオーナー、失礼します」

まだ何か言いたそうな和人を無視して扉を閉める。従兄の心配性は今に始まったことではないが、年を追うごとに過保護になっていくような気がする。

「和人兄さんも年ってことか……？」

本人が聞いたら「失礼だね」と怒り出しそうなことを呟いて、知尋はリスナー控え室に戻った。

どうやら昨日の「珍事」はお客様にも知れ渡ったらしく、知尋を指名したお客様はみな興味津々で彼に話しかけた。

「あの、遠原《とおはら》様。なんで俺がたかが手を握られただけで、ここまで言われなくちゃならないんだ？　意味が分からねえよ！」

怒鳴りながら水割りを作るという荒技に挑戦し、見事成し遂げる。我ながら器用だ。そしてウイスキーと水と氷の分量も完璧。それをすっと差し出すと、控え室でリスナーたちから「ダンディ遠原」と呼ばれている遠原は、笑顔で受け取った。

「だってそうだろう？　私を含めた常連が、何年かかっても君に指一本触れられないというのに、その青年Aだけが君に触れることができた。難攻不落の城を落としたのはどんな屈強な兵士なのか聞きたいじゃないか」

あれは事故です。本当に事故です。ただ兵士は美形でした。そりゃもう、眼福な美形で一目惚れでした……と心の中でこっそり呟きながら、知尋は「しつこい」と文句を言った。

「私が触ったら怒るかい？　膝に乗せて抱っこしたい」

「やだよ。というか遠原様、話をしに来たんだろ？　俺に仕事をさせろ」

「ああほんと、その言い方にゾクゾクするよ。触らせてくれないのは、もしかして敏感すぎるから？　挿入行為があるわけじゃないんだから、触らせてくれてもいいと思うんだけど？　ねえ、トモちゃん」

ソファに優雅に腰を下ろしたまま、遠原は、知尋の顔に向けていた視線をゆっくりと下へ移動させ、股間で止める。服の上から見るだけなら別に構わないと、彼の好きにさせておくと、ため息をつかれた。

「恥じらいがないんだもんなあ。こっちが犯してやるぞって視線で見てるのに、さあどうぞじゃ楽しくない」

「悪かったな。ほら、話を聞いてやるからなんでも言ってみろ」

「…………うちの秘書課に新卒の可愛い男の子が入ってきたんだけど、彼氏のいない女の子たちが殺気立っちゃって大変なんだよ。すでに争奪戦みたいのが始まってるし」

「それは……大変だな」

「そう。みんなまだ若いから焦ることないのにね。うちの秘書課は美男美女で揃えてるって他社でも有名だから、今度私が合コンをセッティングしてあげようかな。そうすれば気まずい雰囲気も……」

「社長が自ら合コンセッティングなんて聞いたことがねえ」

「まあでも私は、こういうの嫌いじゃないんだ。うちの大事な社員だから、ちゃんとしたところに嫁に行くなり婿をもらうなり嫁をもらうなりしてほしいんだよ。でさ、私を胸に抱いて慰めてみない？」

いい人なのに、ダンディで素敵なお客様と思われているのに、こういうところが残念だ。

「しない」

「即答か」

「そもそも、手を握られたのだってアクシデントだったんだ。俺は握ってほしいだなんてひと言も言ってない」

「今のもう一回言ってみてくれるか？」

「え？　ひと言も……」

「そうじゃなく、握ってほしいってところをだね」

このスケベダンディが何を言わせたいのか分かったので、知尋は眉間に皺を寄せて口を噤んだ。しょんぼり顔を見せられても同情はしない。

「しかしまあ……あれだ、トモちゃんが楽しく仕事をしていけるなら、私はそれでいいよ。君は、その身持ちの堅さが売りでもあるしね」

「ありがとうございます」

「やだなあ、そこはいつもみたいに『うるせえよ』って言ってくれないと、私が困る」

「ははっ」

「でね、ものは相談なんだが、私と一度同伴してくれないか？　触れられないのなら、同伴ぐらいしてくれてもいいだろう？　トモちゃん。チップは弾むよ？」

知尋は笑顔で首を左右に振って、遠原に深いため息をつかせる。これもいつものことだ。もはや形式美となったやりとりを済ませたところで、ボーイが終了時間を知らせるノックをした。遠原は「楽しかった」と言って立ち上がる。

「俺も楽しかったです。遠原様のお話を聞いていると笑い皺ができます」

「また、可愛いことを言うね。今度もよろしく頼むよ？」

「はい。楽しみにお待ちしております」

最初と最後だけは敬語で。指名してくれてありがとう。

知尋は、遠原がボーイに連れられて部屋を出るまで頭を下げて感謝を示した。

※　※　※

週末なんてすぐにやって来る。

気がついたらもう金曜だ。顔がにやける。

ただ今週に関しては、とにかく日夏がうるさい。

控え室で龍司やシエルと「遊びに行くならどこがいいか」を話しているところに割り込んできて、「トモさん俺と遊びに行こう」とアピールする。面倒臭いことこの上ないが、新人の頃から世話をしてやった日夏を邪険にすることはできない。

「お前、うるさい」

「ねえねえ、明日は？　紅葉はまだだけど、キャンプとバーベキューはどうですか？」

「俺、アウトドアのセットは持ってねえ」

すると龍司が「持ってるぞ」と笑顔になる。この人は、知尋が困っているのをちょっと楽しんでいる。いい人なのにたまに酷い。

「龍司さんが貸してくれるって！　行きましょうよ！　車は俺が出しますから。ね？」

「日夏……」

「はい？」

「お前は友達がいないのか？」

傍観していたリスナーたちが、この言葉に「ぶっふ」と噴き出した。

「いっ、いますよ！　なんなんですか、いきなりそんなこと言って！」

「そうか。じゃあ友達と行ってこい。俺は用事があるんだ」

「そんなっ！　土日全部ですか？　全部用事なんですか？　そんなの酷い、俺にも一日ちょうだい！」

子供のように駄々を捏《こ》ねる日夏を見て、恭吾が笑顔で「先輩とはいえ赤の他人だろ？　プライベートにまで首突っ込むなよ、もう」と言った。本人に悪気は……もしかしたら今はちょっとぐらいはあったかもしれない。日夏の駄々は鬱陶しかった。

「また恭吾さんは酷いことを言う！　お口にチャックして！」

「だって、日夏はトモさんの恋人じゃないし？」

可愛らしく小首を傾げて問いかける恭吾と、今にも死に絶えそうな日夏を見ていられずに、シエルが「はいはいここまで〜。みんな帰る時間だよ。楽しい週末を過ごそうね」と仲裁する。必死に笑いを堪えている顔が可愛かった。

「日夏も報われないな」

シエルに引き摺られるように控え室から出て行った日夏を見て、龍司が肩を竦める。

「……ですよね」

「ハッキリ言ってあげたのか？　振ったの？」

「その前に、告白されてません」

　すると龍司は「日夏はヘタレだ」とため息をつく。それに関しては知尋も同感だ。男が好きな知尋は、日夏がバイセクシャルだと分かっている。告白だけならいつでも受け付けてやるのに、彼は今の関係が崩れると思って告白してこない。告白されたら「好きなヤツがいる。お前とは付き合えない」とハッキリ言ってやるが、仕事関係をなかったことにするほど非情ではない。

「和人さんから、例の『青年A』のことを少し聞いた。いや、あの人勝手に話す癖をやめてほしいんだけど……」

「分かります」

「そうか。頑張れよ。愚痴なら聞くぞ」

「そのときはお願いします」

　愚痴を言う日が来るなんて想像したくないから、取りあえずは社交辞令で返す。

　知尋はスーツから私服に着替え、ボディバッグを肩に引っかける。中から携帯端末を取りだして見ると、通話着信とメール着信が山ほどあった。こんなにしつこい人間は一人しかいない。嬉しさの余り頬が緩む。嬉しいしつこさ。だが即座に確認はしない。二歳とはいえ年上の余裕を見せておきたい。

「トモ……凄い悪巧みをしてる顔になってる。怖いよ？」

「え？　あ、ああ。いろいろ考えることがあって！　じゃあ俺、先に地下に行ってます」

気持ちが顔に出てしまうのは危険だ。もっとこう、冷静に行きたい。一世一代の狩猟のチャンスなのだ。狩猟が終わったら繁殖活動だ。これを逃してなるものか。

「……ヤバイ」

自然に緩む頰を叩き、知尋は地下の駐車場へと向かった。

※　※　※

冷凍のポテトが解凍できたところで、少し残っていたアンチョビとマヨネーズを載せる。ついでに、とろけるチーズも載せた。それを今度はオーブントースターで三分ほど焼くと、とてもいい香りの酒の肴が出来上がった。

「至福の匂いだな」

冷凍庫にはパンも入っていたので、それも焼いた。野菜がないので、明日買いに行こう。土日のスーパーはよく特売をやっている。そろそろ煮物の季節だし、根野菜をまとめて煮込んでおくのもいい。久しぶりにガッツリと肉も食べたいなと、そんなことを思いながら熱々のチーズ、アンチョビとマヨネーズをフォークでかき混ぜ、一口食べた。チーズのこく、アンチョビの塩気とマヨネーズのすっぱさがポテトに絡みついてたまらない旨さだ。

「これ、パンに挟んでもいいかもな」

早速試してみると、やはり旨い。だが炭水化物のオンパレードなので、食べる量には気を付けなければ。明日は起きたらいつもの倍は走っておこう。あと今日はビールの代わりに熱いほうじ茶だ。

はふはふとポテトを口に運んだところで、携帯端末を放置していたことに気づく。着信はすべて確認する。まずは留守電のメッセージから。

『トモさん、聡太です。あの、明日……俺とその、長話してくれますか？　俺からかけますね？』

『俺の友達がトモさんに会いたいって言ってるんですけど、阻止してます！　だって、俺でさえ店の順番待ちしているのに、いきなりプライベートで会うなんて、そんなのズルイですよね！』

『えっと……今夜はもう寝ちゃってるのかな？　おやすみなさい、俺の女神様。明日、俺の話をいっぱい聞いてくださいね！』

などなど。照れくさそうな声や、ちょっと拗ねている声、どこか甘えたような声で、どれもこれもたまらない。これは絶対に保存だ。消したら泣く。というか、耳もとで聞く声の破壊力よ。

知尋は頬を赤く染めて、尻をモジモジさせる。

食欲を満たしていたはずなのに性欲を催すとは思わなかった。これはだめだと、何度も深呼吸をして熱いほうじ茶を飲む。今度は未読メールを開いた。

『明日は何時ぐらいに電話したらいいですか？』

顔文字とイラストが満載だ。

『本当に長くなりそうなので、夕飯を済ませてからにします？　風呂にも入っていた方がいいかも』

またしてもキラキラのイラスト満載。しかも動いている。

『本当は会って話をするのが一番いいんですけど……トモさんのプライベートはトモさんのものですからね？　店に行く日まで直に会うのは我慢します。トモさんの写真もあるし！』

クソ可愛いな、お前は本当に二十四歳か。会えるものなら俺だって今すぐ会いたいっての！　俺は確実にお前を落としたいから、焦りたくないんだ！　でもよくよく見るとこのメール、まるで俺たち付き合ってるみたいだな。

何度も何度もメールを読んで、そのたびにだらしのない顔で笑う。取りあえず、返信はしておこう。素っ気なく、完結に。「べ、別にお前のことなんか、なんとも思ってないんだからね！」風に。

言葉を選びながらポチポチと指先でローマ字を辿る。フリック機能は予測変換でよく爆死したので二度と使わないと決めた。パソコンを使うときはローマ字打ちなのだから、携帯でもすぐにできる。何度かタッチミスをしたが、実に素っ気ない文章が出来上がって満足だ。

電話は土曜日の夜十時から。

サクッと送信したら、数秒後に電話着信音が鳴った。慌てて受けると相手は聡太で、やけにはしゃいでいる。後ろから賑やかな声が聞こえてくるので、どこかのパーティーに参加しているのかもしれない。楽しそうな笑い声と音楽が聞こえる。

『トモさん！　まだ起きてたんだ！　俺嬉しい。あのね、俺ね、急遽企画を立ててることがあって、トモさんと凄く話がしたかったんですよ！　俺出世しちゃうかも！』

ちょっとろれつが回ってない。可愛いけれど酔いが回りすぎていないか心配だ。

「俺のことはいいから、お前、飲みすぎ」

『二次会？　いやもう三次会かなあ？　仲のいい友達の一人が結婚したんです！　俺嬉しくて！　凄く可愛い花嫁さんをもらったんですよ！　結婚式も最高でした！　俺もいつか、こんな式を挙げられたらなって思います』

あー……今、ズシンと来た。マジでズシンと来た。下腹に大きな石を載せられて、その上に聡太が乗って微笑んでいる。「重いですか？」と笑ってる。そんなシュールな光景を想像した。笑いたいのに笑えない。

『トモさん？　眠いですか？』

「ああ。眠い。もう寝る」

一気に眠くなるのは現実逃避したいから。よく分かっている。家族にゲイだと知られたときにも同じ気持ちを味わった。当時の方がもっと辛かったが。

『トモさんの声を聞くことができてよかった。おやすみなさい』

おやすみ、とは言わなかった。血の気をなくした体をふらつかせながらベッドに潜り込み、団子虫のように体を丸める。

浮かれていた。分かっているようで分からなかった。聡太はストレートなのだ。まるで恋人同士みたいじゃないかと、浮かれていたのはどこの誰だ。今すぐ殴ってやりたい。

「ああ……くっそ……っ！　バカか俺」

こういう事態も想定内だったろうが。彼女や結婚式に夢見てるヤツを、全力で落とすんだぞ俺は。いちいち傷ついてんじゃねえよ！

何度も何度も自分に言い聞かせる。

言い訳と自己防衛を繰り返して、どうにか気持ちは落ち着いてきた。

「酷い夢を見そう……」

そんなことを呟きながら目を閉じた。

案の定、最悪の夢だった。

結婚式場から新郎である聡太を攫《さら》ったものの、バイクに乗った新婦に追いかけられて銃で撃たれた。体に大きな穴が幾つも開いて、聡太は「トモさんの体は、見通しが良くなりましたね」と笑う。知尋も「涼しくていい」と笑うが、新婦が新たに銃を構える。白いドレスを翻して「私の夫を帰せ」と怒鳴っている。でも顔がない。つるりと真っ白な顔で、顔に必要なパーツは何もないのに、叫んでいるのが分かった。

聡太は穴だらけの知尋に、「うるさいから彼女のところに戻ります。楽しいひとときをありがとう」と言って手を振った。なんてこった。こっちは穴だらけでめちゃくちゃ傷物なのに。こんな捨てられ方があるかよと、道ばたで叫ぶ。

「……気持ち悪い」

酷い顔で体を起こす。丸テーブルの上に置かれた冷めたポテトがしおれて哀愁を漂わせている。風呂にも入らず、歯も磨かずに眠ってしまった。身だしなみを整えるのが必要不可欠な職場に勤めているのに、なんともだらしがない。反省したいが、まず先に熱い湯のシャワーを浴びて頭と体をスッキリしたい。

知尋はベッドから這い出て、寝起きで足元がおぼつかないまま風呂場に向かった。

廊下で着ているものを全部脱いで、シャワーの湯を出す。コンパクトなユニットバスは掃除が楽でいい。浴槽の縁に腰掛けて歯ブラシに歯磨き粉をつけて歯を磨く。シャコシャコと小気味よい音を聞きながら、足に打ち付けるシャワーの熱を感じる。気持ちいい。頭までシャワーの湯で濡らしながら歯を磨き、そのまま口をすすぐ。

「はー……」

だんだんと頭がスッキリしてきた。頭を洗い、体を洗い終わったときにはいつもの自分に戻った。よし、大丈夫。俺は全力で宮瀬聡太を落とす。昨日のあれは、夜だったからだ。夜はネガティブになりやすい。今日は思う存分太陽を浴びて、元気に攻撃的になろう。

『おはようございます。今日は良い天気ですね』

『お昼ご飯は何を食べましたか？』

『俺は今、仕事で会社に来ています。今日は土曜で休みなのに……。もう帰りたい』

メールの内容がだんだん愚痴になっているのは気のせいじゃない。

知尋は頬を引きつらせて「仕事しろよ」と返信し、その後はどんなに携帯端末が鳴っても放置した。教育的指導だ。

宮瀬グループはテレビＣＭもよく見るので知らない会社ではないが、聡太がどの部署で働いているのかはさっぱり分からない。電話がかかってきたら聞いてみよう。まさか本当に株の配当だけで暮らしているわけでは……そこまで考えて、知尋は首を左右に振った。

金や暮らしはどうでもいい。今のところは。

大事なのは、どうやって聡太を落とすかだ。

うむと頷いてから、いつものスーパーに向かう。

知尋は携帯端末にダウンロードしたスーパーのネットチラシを確認しながら、カゴに食材を入れていく。豚バラ肉のブロックが安くなっているから、角煮にして小分けにして冷凍しよう。ソーセージは二パック。ベーコンは一パック。魚は干物にした。調味料はまだ十分あるからと、缶詰コーナーで缶入りハムやアンチョビ、牡蠣のオリーブオイル漬け、そしてオリーブをカゴに入れる。うちで一番使う野菜はキャベツだなと、キャベツを一玉カゴに入れた。根菜は重いがにんじんは必要だ。蓮根も煮物には必要だ。厚揚げと油揚げは酒の肴にもなるしご飯のおかずにもなる優れもので、知尋は大好きだ。あとは長ネギ。大事なのはデザートで、知尋は種なしの皮ごと食べられる葡萄を一パックと、スーパーの反対側にあるスイーツコーナーまで行ってカステラを一本カゴに入れた。これに蜂蜜を垂らしてコーヒーと一緒に食べると、幸せな気分になる。

本当は買い物帰りにどこかのカフェでケーキとお茶……なんてことをしてみたいが、男一人でカフェに入るにはかなりの度胸がいる。いずれおしゃれなカフェデビューを果たそうと思いつつ、通うのはコーヒーのチェーン店だ。

大きなエコバッグに食材を入れて肩に担いでスーパーを出る。主婦たちが縦横無尽に止めている自転車を避け、スーパー前の交差点で歩行者信号が青になるのを待っていたら、背中から「トモさん」と声をかけられた。

まさか。

息を呑んでゆっくり振り返ると、そこにはボーダーニットと綿のパンツをお洒落に合わせた聡太が立っていた。道行く主婦たちも、通りすがりの女子高生も、小さな子供を抱えた奥様も、聡太に注目する。彼女たちの唇が「あら綺麗」と小さく動いたのが分かった。

「まさかこんなところで会えるとは思っていませんでした」

「それはこっちの台詞だ。なんでここに？」

「月に一度、そこのテニススクールに通っているんです。とても指導の上手な先生がいるんで、遠くから通ってくる人が多いんですよ。今日は午前中に仕事だったので、午後からだったんです」

聡太はテニスラケットが入ったスポーツバッグを知尋に見せる。

「そうか。じゃあ、また夜な」

ここで「俺の部屋に来るか？」なんていきなり言ったらだめだ。プライベートで親しくなるには早すぎる。我慢しろ、俺！

「あ、あの……っ、どこかでお茶しませんか？　そうだ、テニスクラブの裏手にケーキの美味しいカフェがあるんです」

知ってるよ。ケーキが旨いのは本当らしいぞ。ネットの口コミに書いてあった。いつかデビューしたい店の一つだよ。……って、そこに行くのかおい。

知尋は自分の買った食材を思い出す。肉や冷凍食品が入っているので、寄り道はできない。それを聡太に伝えると、「じゃあ俺、先に店で待ってます。トモさんは荷物を置いてからゆっくり来てください」と言った。

そこまで言われて邪険にするのもなんだし、知尋も聡太の顔は生でずっと見ていたい。だから「しかたないな」と、別に行きたくないけどそこまで言うなら行ってあげてもいいというスタンスを演出し、自分の部屋に荷物を置いてから、待ち合わせのカフェに向かった。

全速力で走って冷蔵庫や冷凍庫に食材を入れ、これまた全速力でここまでやって来たとは知られないよう、カフェが見える手前の路地で呼吸を整え汗を拭った。これで、「俺は急いで荷物を置いてきたわけじゃないから」と体裁を取り繕える。

焦げ茶色の格子で囲われたお洒落なカフェは、テニス帰りの若奥様や、待ち合わせの女性で賑わっている。扉を開けた瞬間は注目されたが、彼女たちはこちらに興味はないようでそれぞれの話に戻った。

が、奥の席に腰を下ろしていた聡太が「トモさん」と笑顔で手を振ったから、再び注目を浴びる。手を振る聡太は可愛くて大満足だが、じろじろと見られるのはいたたまれない。

「お、お前……っ、恥ずかしいだろ！」

「気にしない気にしない。何食べます？　ケーキはシェアしたいと思ったんで、まだ頼んでません。あと、ここのハーブティーはなかなか美味しいですね」

笑顔でメニューを見せてくる聡太は、ほんと、どこかの王子様だ。だがシェアは女子がよく使う言葉だよな。なんでなんでも分け合いたいんだ女ってのは。

知尋はメニューを見てすぐに決めた。

「俺……は、この、チョコレートケーキのオレンジソースがいい。お茶はよく分からないから……お前は何飲んでるの？」

「ブレンドのハーブティーです。ケーキに合うそうですよ」

「じゃあ俺も同じの飲もう。宮瀬様、じゃない……ええと、聡太さん？」

「さっきまでお前って呼んでたのに」

聡太は小さく笑って「俺は定番のいちごのショートケーキがいいかなって」と背中を丸めて上目遣いで知尋を見る。

「いいな。定番は大事だ」

知尋が店員を呼んだ。バイトらしき少女は聡太をチラチラと見つめながら頬を染め、実に初々しい態度で注文を取っていく。

「本当に、こんなところで会えるなんて嬉しいです。運命を感じますね」

俺もだ！　お前はストレートだけど、やっぱり俺と結ばれる運命にあるんだよ！　いっそ泊まっていけばいいのに……なんてことはおくびにも出さず、興味ないような顔で「そうか」と言った。

「どっちにしろ夜にはいろいろ話す予定だったから、このままずっと俺と一緒にいてくれますか？　トモさんの予定もあると思うので、無理にとは言いませんが」

どうする俺。手放しで喜べる提案だ。これをすんなり受けてもいいだろうか。やはり仕事とプライベートのけじめをつけて……は無理だ。すでにカフェで向かい合って腰を下ろしている。

お客様とプライベートを一緒に過ごすのは己のポリシーに反するが、店的には御法度ではない。もっと慎重に接して、確実に落としたいのだが、聡太の顔を見放題という誘惑には勝てなかった。

「別に、予定はないから一緒にいてやる。だが仕事はしないぞ」

あくまで上から目線は崩さずに。

「嬉しいです。俺が勝手に喋るだけだから、トモさんは気にしないでのんびりしててください」

「それはちょっとオカシイだろ……」

そこに「お待たせしました」とケーキとお茶が運ばれてくる。とても旨そうなケーキを前にして、知尋は思わず微笑んだ。

「もしかしてトモさん、甘いものが好き？」

「ああ。パフェも好きなんだが、女子が一緒にいないと恥ずかしくて頼めない」

「だったら、俺と食べに行きましょうよ。二人で写真を撮りながら食べていれば『罰ゲームかしら』って思われるだけで恥ずかしくないと思います」

「なんだそれ、良いアイデアだな。本当に一緒に行ってくれるのか？」

言ってから後悔した。こんな、縋るような言い方はよくない。出会ってまだ二度目なのに図々しい。知尋は表情を引き締めて「迷惑でなければ」と言い直す。

「俺は凄く嬉しいです。トモさんと一緒にいられる時間が増えてラッキーです。……で、このケーキなんですが、半分こしましょう」

いちごの載った方を「どうぞ」と言われて、「それはお前、というか、聡太さん、が食べる方だろ」と遠慮した。

「俺のことは聡太と、呼び捨てで構いません。友人たちもみなそう呼ぶのに、女神のあなたにさん付けで呼ばれるなんて、おこがましいです」

「…………やっぱり、お前にとって俺は女神なわけ？」

「はい。やりたいことを見つけられそうなんです。ちゃんと働いているんだって、トモさんに胸を張りたい」

半分にされたいちごのショートケーキの皿に、知尋はフォークでチョコレートケーキを半分に切って置く。白と黒とオレンジ、そしてイチゴの色が映えて綺麗だ。そして旨い。

メニューを見直すとすべて手作りで、持ち帰り用もあるとのこと。是非持ち帰りたい。

「聡太と一緒にカフェデビューか……」

「一度入っちゃえば慣れますよ」

「そうだな。……で？　ちゃんと働いてるって？」

「はい。俺は大きな組織の中で何をやろうかどうしようかずっと悩んでいて、お仕着せのレールに乗ったままでいいのか分からなくて、しばらく好き勝手にやらせてもらってたんです」

「はー……本当に我が儘なお坊ちゃんだ」

「はい。でも俺、自分の方向が分かりました。上手く行けば一年後には海外、かな」

なんですと……っ！

眉がきっと上がり、手のひらに汗をかく。

「トモさん？」

「結婚してくれ。海外に行く前に結婚すれば、一緒に行けるんだろう？」

聡太の目がまん丸になった。一番近い席にいた女性たちも一斉にこちらを振り向く。

なんでみんな、こっちを見るんだ？　俺は何か、変なことを言ったか？　と、自分の放った言葉を反すうして数十秒。

とんでもないことを言ったとようやく理解した知尋は、「……ってことだよな？　彼女がいるときのプロポーズは」と、切り抜けた。切り抜けたと誰かに言ってほしい。こんなに脳細胞を使ったのは初めてだ。グッジョブ脳みそ。

「え？　あ、ああ。そうですね。転勤前に挙式して、奥さんと一緒に海外へ旅立つ人は多いですもんね」

周りの女性たちは、そのやりとりですっかり彼らに興味をなくした。ありがたい。

「……そうか。一年後には嫁さんと海外暮らしか」

「順調に行けば、です。結構出資者を募らないといけないので、これがなかなか難しい」

「頑張れ」

「はい。何もかもがこれからですけど」

店で見せた頼りない坊ちゃん顔でなく、年相応の社会人らしい顔をして、聡太が語る。

ああこういう顔もできるのか、やっぱお前は十四歳じゃなく二十四歳だったわ。もう少

し見てていい？　今から網膜に焼き付ける。

知尋はお茶を飲む振りをしてじっと聡太を見つめた。俯き加減になると頬に睫の影ができるのが可愛くて、ついそういう仕草を目で追う。

「俺ばっかり喋ってすみません。トモさん、聞き上手だからつい」

「仕事が仕事だからな。気にすんな」

「逆の立場になってみませんか？」

そう言って、聡太はチョコレートケーキを頬張った。

今の世の中、「俺が俺が」とにかく自分のことを喋りたい人間が多いから、うちの仕事は繁盛するのよねと支配人が言っていた。本当にそう思う。知尋は自分のことを語りたくないから「ベルベットリップ」のリスナーは適職だと思っている。なのに語れと。

知尋は眉間に皺を寄せて黙る。

「あの……店で話すような社外秘じみた話じゃなく、好きな食べ物とか、好きな歌とか、そういう感じで。ちなみに俺は甘いものが好きです。トモさんもそうですよね？　今度一緒にホテルのスイーツ食べ放題に行きましょう」

「それは行く。一人じゃ行きづらいところが多いし、職場の誰かを誘うのも気恥ずかしかったんだ」

「分かります。嫌いなものはなんですか？　夕食を一緒にするとき、知っておくといいかなって思って」

「好き嫌いはない。出されりゃなんでも食べる。ただ、不味いものを無理して食べるのはいやだな」

以前、支配人がリスナー控え室に来て手作り菓子を振る舞ってくれたが、砂糖が控えめすぎて食べるのに苦労したのを覚えている。ああいう目には遭いたくない。

「了解です。……トモさんは、私服がラフだから仕事とのギャップがあっていいですね。俺、そういう力の抜けた感じが好きです」

俺はお前の、その子供みたいな笑顔が好きだな。可愛くって、でもキラキラしてて、早く自分のものにしたくてたまらない。

意味は違うが「好き」と言われて照れくさい。知尋は小さく笑って「からかうな」と言った。

「俺、もっとトモさんのことを知りたいです。教えてもらっていいですか？」

「どういう意味で？」

「自分の女神のことを知っておけば、貢ぎ物も選べるじゃないですか」

「俺は他人にたかる気はこれっぽっちもないんだが」

「俺が勝手に貢ぎたいんです。トモさんと出会わなければ、俺は今日のテニスだってつまらない気持ちで終わってましたよ。つまらないのに通ってるところが俺らしいっていえば俺らしいんですけど。友達に誘われたから通ってるだけなんで」

「ほう」

「でも、トモさんに会えたので楽しいと思うことにします。店でトモさんと会えるのは約三週間後じゃないですか。だからその間に体をたるませていられないっていうか……それも今思ったんですけど」

「人間、何がターニングポイントになるか分からないもんな」

そう考えると、俺たちはお互いがターニングポイントだったたってわけか。これは運命か？　運命だろう。会うべくして会った二人なんだ。なんでお前、ストレートなんだよちくしょう。

理不尽な怒りで目の前の美形を殴りたくなった。全力で落とすと改めて誓う。

「トモさんの時計、それ、貢ぎ物でしょ？　俺が新しいのを貢ぐんで、今度はそれをずっとつけてください」

「ふうん。期待しないで待ってる」

「スーツだって貢ぎたい」

「はは、なんだ。そりゃ。つまりは脱がしたいってことかよ」

ちょっと突っ込んでみた。相手の言葉がどっちに転がろうと、この手の返答は簡単だ。

どうせ聡太は「そこまで考えてなかった」とポカンとするか、「あ、そうなりますよね」と言って笑うか、どっちにしろストレートらしいことを言うだろう。そしたら「冗談に決まってんだろ」と言えばいい。一歩進んで二歩下がることになるかもしれないが、どういう反応をするか今後のために把握しておきたい。

なのに。

「俺、脱がすのは得意です」

さらりと真顔で言われた。どういう意味で言っているのか問えない。もしかしたらチャンスかもしれないのに。

「あのな」

聡太は目を細めて小さく笑い、知尋の耳に唇を寄せて「トモさんは服を脱がされるのは好き？」と囁いた。

え？　は？　女性が好むお洒落なカフェの一角で、真っ昼間から男に口説かれているのか？　そんな夢のようなことが起きていいのかと、知尋は自分の頬をつまんで引っ張った。

痛い。現実でした。

「俺ね、宇佐美《うさみ》のおじいさまと茶飲み友達なんです。そこでよくトモさんの話を聞きました。会いたくて会いたくてたまらなくて……思った通りの素敵な人でとても嬉しいです」

「宇佐美のおじいさまって、もしかして宇佐美様のことか？　御年七十八歳で、蝶ネクタイにスリーピースというといつもお洒落な……」

「はい」

宇佐美様はスマートな物腰と軽快な口調、そしてリスナー全員を孫のように可愛がってくれる素晴らしいお客様で「ベルベットリップ」で一番人気のお客様だ。彼を嫌うリスナーは一人もいない。恭吾でさえ、宇佐美様が帰ったあとは「俺のお祖父《じい》ちゃんになってほしい」といつもうっとり呟いている。

「宇佐美のおじいさまの口利きでなければ、俺が即座にトモさんを指名できるはずないでしょう？」

聡太が微笑む。が、ニヤリと擬音をつけた方がいい、ちょっと意地の悪い笑顔だ。こんな顔もできるのかと思ったらゾクゾクした。

「そりゃ、ごもっともだ」

「トモさんがとんでもないメンクイだって聞かされてたから、俺は内心ドキドキしてたんですが、合格したようですね」

満点合格です。ほんと、お前以上の美形がこの世界にいるのか？　人の好みはそれぞれだが、俺の一番はお前の顔だ。知尋は心の中で再確認する。

「俺、トモさんと二人きりで話がしたいんですけど、トモさんの住んでるところはここから近いんですか？」

「歩いて五分ぐらい、だけど」

「行ってもいいですよね？」

人なつこい笑顔に威圧された。

「いや、いきなりは……」

それだけ返事をするのがやっとなのに、聡太はたたみかけるように「俺、トモさんの部屋を見たいです」と言った。

「だからいきなりは」

「思い立ったが吉日と言うでしょう？　ね？」

「部屋、大して綺麗じゃないし」

「トモさんの人間っぽいところを見られると思えば」

なんなんだこの急展開は。俺の部屋で一体何が起きる？

知尋が焦っている間に、聡太は伝票を手にして先にレジに向かった。

※　※　※

子供の頃から何不自由なく育って、両親からも兄姉たちからも可愛がってもらったと思う。それでも「末っ子」というだけで「危ないことはだめ」と言われて行動を制限された。

勝手なことをしてはだめよ、可愛いお顔に傷がついたらどうするの。

可愛い聡太が誘拐されないように送迎は車でしてあげなくちゃ。

お前が考える必要はないよ。兄さんたちに任せておきなさい。

可愛がるだけで何もさせてくれなくて、何もやる気が起きなくなった。女の子たちは「聡太君綺麗」「聡太君可愛い」と言いながら寄って来て適当に遊んでくれたけど、毎日がつまらなかった。そうしたら、類は友を呼ぶのか、同じように「毎日つまらない」と思っている連中と友達になった。みんなでどうすれば楽しい毎日が送れるか考えても、少しもいいアイデアは浮かばなかった。

「こういうのも、持てる者の悩みって言うんだよ」

一人の友達が言った。彼は賢くて、一番最初に「毎日楽しいもの」を見つけたのも彼だった。彼は運命の女性と出会って、大恋愛の末に結婚した。「これからはもっと楽しくなるよ」と言って、新婚旅行へと旅立った。

恋が自分を変えるのかと思った友達たちは、必死に恋人を探した。

「恋人が店に売っていればいいのに」

「それはもう、違う意味の恋人だ」

「どうやって作るのかよく分からない」

すると次に「楽しいもの」を見つけた女友達が笑った。

「バカね、みんな。自分が相手を好きにならないで、どうやって恋人を作るのよ。こういうのは相性もあるんだから、じっくり構えてなさいよ。軽率な行動は避けた方が賢明ね」

彼女は彼氏と手を繋ぎ、幸せそうな笑顔で「頑張って」と言った。

一連の話を、茶飲み友達の宇佐美のおじいさまに話したら、やっぱり笑われた。

「普段から少しズレているとは思っていたけど、お前は本当にズレていたんだね。ふむ、私の若い知りあいに一人面白い子がいるんだ。お前の話を聞いたらきっと叱ってくれるだろう」

とても楽しそうな宇佐美のおじいさまを見て、首を傾げたものだ。

自分も「楽しいもの」がほしい。それが恋なら最高だ。

「その人のことを、もっと教えてください」

そう言うと、宇佐美のおじいさまは「お前に取られてしまうのか、まあ、それもよいかもしれん」と微笑んだ。

「トモ」と呼ばれている青年の話を聞いている間、聡太は「そんなことをしていいの？」と眉を顰めたり、「その人は酷いね」と眉間に皺を寄せた。けれど口から「もういいや」は出てこない。

聞けば聞くほど面白くて楽しくて、そのうち話を聞くだけでは足りなくなった。会ってみたい。声を聞きたい。顔を見てみたい。相手が同性というのは引っかからなかった。むしろ、同性なのに恋に落ちたら、これはとんでもないドラマティックなことじゃないかと思った。心臓がドキドキする。胸が苦しくなる。話を聞いているだけなのに、こんな気持ちになるのなら、出会ってしまったらどうなるんだろう。

「どうしよう。もしかしてこれが、恋に落ちるということなのか」

出会ってもいないのに。自分の名前を一度も呼んでもらっていないのに。自分ばかりが夢中になって卑怯だと思う。それでも。

「そうだな……。私が語ることはもう何もないよ。実際に彼に会って、いろいろ話を聞いてもらってはどうだい？　彼の叱咤激励は効くよ」

そう簡単に言うけれど、聡太は風俗店に行ったことがない。これからも行く予定はまったくないだろうと思っていた。まずどういうところなのかとインターネットで調べてみたが、店のホームページは存在しなかった。そして、ようやく見つけた感想も「楽しいらしい」「凄いらしい」という又聞きの曖昧なものしか出てこなかった。さもありなん。わざわざ金を払って愚痴を言いに行く人間は、ネットに書き込みなどしない。

仕方がないなと、宇佐美のおじいさまに頭を下げ、その力を借りて、「トモ」を指名して予約を取ることにした。

「恋する美青年には勝てんな。本当にお前は我が儘で可愛い子だよ」

「おじいさまが悪いんですよ？　俺にトモさんの話をするから」

可愛らしい責任転嫁に、宇佐美のおじいさまは小さく笑った。

「だがね聡太。トモはたいそうなメンクイだ。お前の顔があの子のお眼鏡にかなうとは限らないよ？」

「この顔でだめなら、多分……誰がトモさんと会ってもだめだと思います」

「はは。言うね、お前は。分かった。必ず私が話をつけてあげよう」

連絡を受けた支配人は驚いたようだが、さすがは宇佐美のおじいさま。すべてを丸く収めてくれた。

これでようやく会える。

どんな表情をするのか、どんな声で話すのか、とにかくすべてを知りたい。どんな容姿をしているんだろう。もし自分の好みじゃなかったら……いやそんなことはない。こんなに心臓がドキドキする相手が、自分の好みから外れているわけがない。どこからそんな自信が出てくるんだと、笑いたいヤツは笑えばいい。

「……絶対に、トモを自分のものにする。決めた」

自分のものにしたあとのことは、それから考えればいい。とにかく、聡太は「トモ」がほしくてほしくてたまらなかった。

出会った瞬間、「同じ人間なのに、二度も恋に落ちることがあるんだな」と自分に感心するとは知らずに。

※　※　※

聡太が部屋にいるだけで、家賃九万のこの部屋が倍以上の値段に見える。

知尋は、胡座《あぐら》をかいている彼にお茶を勧めながらそう思った。

「綺麗な部屋ですね」

「殺風景なだけだ」

「そんなことないですよ？　俺、こういう部屋って落ち着きます」

えへへと笑って、ベッドを背もたれ代わりにする仕草が可愛い。ここまでついてきたと言うことは、俺は期待していいんだろうか。さっきの囁きは、つまりそういうことだよな？　俺だってお前の服を脱がしたい。どんな可愛い顔で喘いでくれるのか、想像しただけで腰に来る。まだ何もしていないのに、ちょっと焦ってきた。

何か音があった方がいいかもとテレビをつけたら、世界の殺人事件の特集をやっていた。テレビ空気読めよ！　すぐ消す。

「トモさんって、趣味あります？　俺はミニカーを集めるのが好きなんですけど」

「え？　俺？　…………貯金かな」

「は？」

「通帳を見るのが楽しくて」

「貯蓄じゃない趣味は？　球技とかやります？　あと、スキーとかスノボ……」

趣味というほどのことではないが、子供の頃はよく海やプールで泳いでいた。そういえば、女子の胸元よりも男の尻ばかり見ていた気がする。

「水泳、かな。初めてシュノーケリングで海の中を見たときは感動した。あとは、黙々と走ること。甘いものを食べた次の朝は、かなり走るぞ」

「まとまった休みが取れるようだったら、俺と海に行きましょう」

「それで海辺の別荘とかいうんだろ？」

「はい。でもそれがいやならホテルでも構いませんが」

はいはい金持ち。

知尋は笑うしかない。

「あと、恋愛に時間は関係あると思いますか？」

「いきなりだな。話がいろいろ繋がってねえ」

「繋がっていなくても、先に言っておかないと忘れてしまうので……」

「あー……」

「そんな残念そうな顔で俺を見ないでください」

「ごめん」

「あの……答え」

「お前、恋愛をするに当たって相手の性別はこだわる？」

すると聡太は困った顔をして「質問に質問で答えないで」と言った。

「いやでも、大事なことだろ、これ！」

「俺の質問の方が大事だと思うんですけど？　ねえ、トモさん。そうだ、トモさんの本当の名前も教えてください。ね？　あなたの名前をちゃんと知りたい」

聡太は体を起こして膝立ちになると、知尋の両肩を掴んで迫ってきた。

「お前、質問ばっかりだな」

切羽詰まった相手を見ると冷静になれる。ありがたい。今、感情のまま動いたら、きっと大惨事だ。俺はゲイだから、慎重に、そしてチャンスを見極めないと迫れない。

「俺はあなたを女神と呼びましたが、本当のことを言うなら、その、もっと深く知り合って、いわゆる、恋人同士というものになりたい」

女神と恋人同士にはなれないでしょ？　とズレた付け足しをして、聡太は行動を起こした。つまり、知尋はいきなり抱き締められた。

ゲイと自覚してから生まれて始めて、男に抱き締められた。しかも相手は一目惚れした男だ。嬉しすぎて「これはドッキリというヤツか？」と疑心暗鬼になる。「待て」と言って彼の腕の中から逃れようとするが、反対にいっそう強く抱き締められた。

「お前、俺を殺す気か」

「生きてもらわないと困ります」

「……これはドッキリか？　誰かと賭けをして、俺を落とした方が勝ちとか？」

「もしそうなら、俺は全力で勝ちに行きます。そして、あなたと賞金を手に入れる。だって、俺……」

どうしたこの展開は。もしかしてこれって……俺にとってとても都合のいい流れじゃないか？

知尋は小さく喉を鳴らし、聡太に「お前、俺のこと好きなの？」と囁いた。ずるい。分かってる。自分が優位に立とうとしてるってことは重々承知だ。でも、少しぐらい優位に立たせてもらわないと、焦ってこのまま気絶しそうだ。

「好きです。好きでもない相手に、毎日留守電を残したりメールを残したりしますか？」

「お前、ゲイじゃないだろ？　一時の気の迷いかもしれないぞ？」

自分の「正体」は伏せて、優しい声で脅しをかける。

「確かに俺はゲイじゃないです。女性としかセックスをしたことがないし。だからと言って、それを理由にトモさんを離したくない」

どうしよう。凄く嬉しい。顔がにやける。途中で別の男でいいかと妥協せずに、聡太を待ってて本当によかった。

知尋は聡太の背中に腕を回して、力任せに抱き締め返す。ふわりと香る柑橘系のフレグランスが心地良い。

「あのな、俺の名前、天根知尋っていうんだ」

「知尋さん？」

「おう」

「ねえ、知尋さんって、俺のことかなり好きだよね？」

答えたくない。答えたら、立場が逆転しそうで嫌だ。全力で落とすと決めた相手に落とされるのは本意ではない。それになんか恥ずかしい。

知尋は答えずに、聡太の背を拳で軽く叩いた。

「知尋さん……」

「俺のどこが好きなんだよ。同性に好きって言うんだから、どこがどう好きなのかちゃんと教えろよ」

すると聡太は低く呻いて「ちょっと恥ずかしい」と小声で言った。なんなのそれ可愛いなおい！　知尋の目の前で小さな星が飛び散る。胸の中が甘酸っぱくなってきゅっと締め付けられた。

「その……宇佐美のおじいさまから話を聞いてとても興味を持って……。話を聞くたびにドキドキして、自分の中ではもうこれは恋だなって。だからいつか本物の知尋さんに会いたいと思うようになったんです。本物に会った瞬間、俺は動けなかった。知尋さん格好良いし、可愛かった。俺を叱ってくれる声も優しくて胸が締め付けられた。俺はもうあなたと離れられないなって思った。いきなり強引に迫ったらだめだろうって思ってたんですけど……我慢できなかった」

力任せにギュウギュウと抱き締められて苦しいが、この苦しさは「嬉しい」だ。

「知尋さんにいろいろ曝《さら》け出して、俺って凄く格好悪いです。……でもあなたを離したくない。俺のこと、全部ひっくるめて好きになって」

そこまで言ってくれるのか。

なんなの俺たち両思いだったの？　それも、かなり超特急だよな？　恋愛に時間は関係ないって言うけど、本当に俺たち、恋に落ちるの早すぎ。

知尋は嬉しいやら照れくさいやらでニヤニヤと頬を緩めた。

「その……俺にだけ言わせるの？　ねえ、それってズルイですよね？　知尋さんだって、俺のこと、大好きでしょ？」

ぐいと乱暴に体を引き剥がされると、目の前に綺麗な男の笑顔がある。ああもうたまらない。この顔大好き。

「好き。ほんと、俺の理想の顔すぎて、お前に会った途端、神様に感謝した」

「俺もこの顔に生まれてきて本当によかった。でも顔だけじゃなく全部愛して」

「いや、その……可愛い。凄く可愛い。放っておけない」

「他には？　もっと他に、俺に言いたいことがあるんじゃないですか？」

「その、俺……」

「なあに？」

「ストレートじゃ、ない」

直球でゲイだと言えずに、ついカーブを投げた。初球は空振りのようだ。聡太が首を傾げて何やら考えている。

「あ、の、な……っ！　俺、ゲイなんだよっ」

「それが何か？」

聡太の返事が衝撃的すぎて知尋は焦った。こういう返事は頭の中になかった。

どうしよう、この天使！　可愛すぎて俺が死ぬだろうが！　処女童貞のまま死なすなよ！　死ぬほど気持ちのいいセックスは都市伝説か！　一度体験したかった！

「だってお前は俺と違ってストレートで、俺、お前に一目惚れして！　絶対に落としてやろうって！　そんで、もし恋人になれなくても初めての思い出になれば嬉しいなとか！　俺、そういうことを思ってたんだぞ！」

慎重に事を運ぼう、できるだけ優位に立っていよう。そう思っていたのに、この言葉ですべてが台無しだ。でももういい。

「………知尋さん」

「なんだよ。言いたいことがあるなら言えよ」

「初めての思い出って、もしかしてあなたは……誰ともセックスしてないんですか？」

反応するのがそこかよ！

だが知尋は正直に答えた。

「そうだよ。処女童貞で悪かったな。よく分かんねえけど面倒臭いぞ！」

すると聡太は頬を染め「本当に未使用なんですか？」と少々失礼な単語を使って尋ねてくる。

「未使用だよ！　デッドストックになる前にどうにかしたいんだよ！」

「俺に全部ください未使用在庫！」

「お前、また意味分かんねえこと……」

「だったら知尋さんの台詞も意味不明です。なんですかデッドストックって。俺は話に乗ってあげただけですよ？　ね？　可愛い知尋さん、俺がいっぱい気持ちのいいことを教えてあげますね？」

「え………？　俺が抱かれるの？　いや、未使用にして経験値ゼロの分際で、偉そうなことは言えないけど。俺の希望は聞いてもらえないのか？」

「知尋さんは可愛いから、いっぱい可愛いところを見たいです。……だめですか？」

だから！　可愛く小首を傾げて俺を見るな！　あざとい！　そして俺はお前の顔に弱い！

陥落するしかなかった。

ゲイと告白したときの聡太の「だから何」という態度が嬉しかった。

「確かに、ストレートが尻を差し出すのはハードル高いよな。じゃあそこは俺がやるわ。仕方ない。お前は突っ込むの上手そうだから、いろいろよろしく頼む。もし、一時の迷いだと気づいたら、さっさと俺を捨ててくれ。あとのことは気にするな」

それでも取りあえず、二人のために逃げ道を作らせてほしいと思った。「捨てていい」と言っておけば、もしものときにきっと役立つ。

「あの」

聡太は唇を尖らせて「そういうこと言わないで」と怒った。

可愛い顔だったから携帯端末で写メを撮ろうとしたら、「真面目に聞いてください」とまた怒られた。

「そんなふうに自分を卑下しないで。知尋さんは二十六年間処女童貞を貫いて俺に出会えたんだから、もう少し貪欲になってください。俺の顔が理想なんでしょ？　二度と離すかぐらい言ってくれるとグッときます」

「いやでも、ストレートって、最終的には女子を選ぶヤツが多いって聞くから」

「統計なんて関係ない。俺たちはイレギュラーだから他と違ってて当然って思っていればいいんです。ね？」

「また随分と……力強くて前向きだな。驚いた。もっと頭の中がポヤポヤしてると思ってたよ、俺」

「それ、ちょっと酷い」

聡太は小さく笑って、知尋の頬を両手で包んだ。薄い陶器に触れるように丁寧に頬を撫でられていると気持ちよくなってきたので、目を閉じる。

唇にふわりと聡太の唇が触れた。ファーストキスはシチュエーションやロケーションにこだわりたかったが、一目惚れした男にキスをされる嬉しさに比べたら些細なことだ。

「知尋さん、口、少し開けて」

言われたとおりに唇を薄く開くと、舌で唇を舐められた。ぴくんと体を強ばらせたが、舌はお構いなしに口の中に入ってくる。唇を触れ合わせるだけでなく、舌同士を絡め合う。唾液を掻き回される音が聞こえるのが恥ずかしい。恥ずかしくて、無性に興奮する。上あごをくすぐられるように舌で舐められると、「ふあぁ」と変な声が出た。

「気持ちいいね、知尋さん」

「口ん中、なのに……っ」

「うん。じゃあ、もっと気持ちよくなろう？　ね？」

くちゅくちゅと口腔を掻き回すキスをしながら、知尋の体から服が剥がれ落ちていった。

「乳首がピンク色なんだ。自分で弄《いじ》ったりしなかったの？」

「え？　なんで？」

「こんな可愛くていやらしい乳首なのに、未開発なのか。じゃあ俺が、うんと可愛がってあげないと」

なんだろう、キスでボンヤリしてしまった頭の片隅に聡太の綺麗な笑顔がとても意地悪く見えた。

「ベッドに寝転がって。うん、全部脱がなくて大丈夫だから、恥ずかしくないよ？」

「子供扱い……すんなよっ」

「そんなことしてない。知尋さんは俺より二歳年上のお兄さんでしょう？　ねえ？」

あ、こいつ、わざと言ってる。どうしよう、体が熱くなってきた。

ベッドの上に仰向けに寝た知尋の体を覆っているのは、小さな下着一枚だけだ。だがそこも、包まれている中身がすでに形を変えて大きな染みを作っている。

手を出してこずに自分の体を見つめている聡太に、知尋は優しい声で言った。

「同じ男の体だ。ビビッたり引いたりしても、お前のことを怒ったりしない。このまま終わっても」

「知尋さんは視姦されるの嫌い？」

「…………は？」

「今ね、俺……知尋さんの綺麗な体をじっくり見てたんです。俺に見られてるのに知尋さんは何か勘違いしてるし」

「あ、そっか。すまない」

「俺の女神様、凄く可愛い。うんと気持ちよくしてあげるからね？」

「あ」

ツンと尖った乳首を摘まれて小さな痛みが走った。けれど指でこね繰り回され、舌でくすぐられるうちに、腰の奥からじわりと温かな快感が湧き上がってくる。知らないうちに息が上がり、腰が浮く。

「なんか、むずむずするっ、そこっ」

ふっくらと膨らんだ乳輪ごと摘まれ、指先で小刻みに弾かれて「ひゃ、あっ」と声が出た。女みたいに高い声が出たのに、恥ずかしさより快感が勝って、もっと弄ってほしくなる。

「初めてなのにこんなに感じちゃうんだ。女の子みたいに膨らんで、可愛いね」

綺麗な指先でふにふにと乳輪を揉まれる。それがたまらなく気持ちがいい。きっと自分の指で弄っても、今ほど気持ちよくはなかっただろう。聡太の指に弄られているから気持ちいいのだ。

「もっと弄って」と声を上げたかったが、ここでねだって引かれるのは嫌だ。知尋は唇を噛んで言いたい言葉を我慢する。

「知尋さん。気持ちよかったら声を出していいんだよ？　ね？　気持ちよくてさっきから腰が揺れてるもんね？　それとも知尋さんはお兄さんだから、年下の俺におねだりできないのかな？」

するすると脇腹を撫でていた指先が戻って乳首の先端を爪でくすぐり始めて、知尋は声を堪えることができなくなった。気持ちいいのにもどかしくて、目尻に涙が浮かぶ。

「聡太っ、もっ、と、もっと弄って、そこ、俺の乳首っ、だめもうっ、我慢できないっ、いっぱい、いっぱい弄って……っ」

口を開いてしまったら、恥ずかしい言葉は次から次へとあふれ出る。

聡太が嬉しそうにゴクリと喉を鳴らしたことも知らずに、知尋は泣きながら喘いだ。

「ずっと我慢していたんだよね？　誰にも触られずにね。俺のことを待っててくれたんだよね？　知尋さん。おっぱいを苛められて嬉しい？」

耳をはむはむと噛まれる音がする。そこが性感帯だなんて知尋は知らなかった。指で触れられ、舌先でそっと舐められるだけで、「あーあー」と甘えた声が勝手に口から零れて、子供のようにぼろぼろと泣いてしまう。気持ちよくて切なくて、知尋は聡太の首にしがみついて「もう死ぬ」と声を震わせた。

「死なないで。まだおちんちんもおしりも触ってないんだよ、ね？　知尋」

呼び捨てにされてぞくりと鳥肌がたった。「はふ」と唇から快感の息が漏れる。聡太は耳ざとく「呼び捨てがいいの？」と尋ねた。

知尋は何度も首を上下に振って、聡太のニットを掴んで伸ばす。

「お兄さんなのに呼び捨てにされたいの？　知尋は……苛められるのが好きなの？　こんなふうに強くおっぱいを揉まれるのが好き？」

快感ですっかり柔らかくなった胸筋を押し上げるようにして揉まれた。強弱をつけて揉まれ、勃起した乳首を手のひらでごりごりと擦られる。もう泣いているのか気持ちいいのか分からない声が口から出た。

「聡太、聡太……っ」

唾液を交換するような熱いキスを繰り返しながら、知尋は我慢できずに自分で下着の中に右手を入れた。

「知尋、ねえ、俺に触らせて。俺に気持ちよくさせて」

「じゃ、俺……お前の、それ……気持ちよくしてやる」

さっきから太腿に押しつけられていた聡太の下半身は、熱く硬く滾っている。

「なあ、俺にフェラさせてくれよ。お前の銜えさせて」

一目惚れした男のちんこ銜えさせろと、未経験のゲイのくせに言ってしまった。あとには引けない。

聡太はムッとした顔を見せて「慣れてる感じがするんですけど、そういうこと、誰かに言ったんですか？」ととんでもないことを聞いてきた。

「そんなわけあるかよ。お前のちんこだから！　俺は銜えたいと思ったんじゃないか！」

大声で主張することじゃない。分かってる。隣の部屋に聞こえてるかもしれない。騒音公害すみません。だが知尋は、ここは絶対に譲れなかった。

「知尋さん…………好きっ！」

ぎゅっと抱き締められて、ぐりぐりと頭を擦りつけられる。痛い。痛いけど、やっぱり可愛い。可愛いのにセックス慣れしているこのギャップに嫉妬する。

「お、俺も。だから、な？　銜えさせて」

「じゃあ、シャワー浴びてきていいですか？」

体を起こしてベッドから出ようとした聡太の腰にしがみつき、「お前はバカか！」と再び叫んだ。

「お前はいい匂いするぞ！　むしろ俺の方が、その、汗臭くて……シャワー浴びてくるわ」

「その匂いがいいんじゃないですか！　知尋さんの匂いを嗅がせてくださいよ！」

「だから俺も一緒だよ！　お前の匂いを嗅がせろっ！」

俺がこのアパートを追い出されたら、原因は今日の怒鳴り声だ。それだけは分かる。こんな破廉恥な台詞を怒鳴り合って、二人とも頭がどうにかしている。

「知尋さんは、未経験なのにどうしてそんなにエロいの？」

聡太は小さく笑って、ここでようやく服を脱いだ。着ていたニットもその下のタンクトップも床に放り、靴下を脱いでパンツのファスナーを下ろす。綺麗な男は体も綺麗だ。知尋よりも多少筋肉質の体が、じわりと寄ってくる。

「そんなにほしかったの？　俺の」

「ああ」

「じゃあ、いっぱい可愛がってね？」

後頭部をそっと掴まれ、下着越しに顔を押しつけられる。それが嬉しくて頬摺りしたら、笑われた。

「うるせえよ。俺、他人の勃起したちんこなんて初めて触るんだから、嬉しいに決まってんだろ」

「初めてが俺なんですよね？　本当ですよね？」

「ここで嘘ついてどうするんだよ。もう、でけえな」

すりすりと頬を擦りつけるだけでなく、指で形を辿っていく。どくどくと脈打っているのが分かって、喉が鳴った。

下着を太腿まで下ろし、目の前の性器をまじまじと観察する。

「こんなでかいのが口に入るのか？　つか、舐めていい？」

「知尋さんの好きにして。あ、初めてなら写メ撮ってあげましょうか？」

「自分の顔は別にいらねえ。萎える」

「残念」

「黙れ」

まずは先端にキスをして、先走りを舐めて聡太を味わう。精液はこんな味がするのか、旨くないな、むしろ不味いなと淡々と頭の中で感想を呟きながら、でも聡太のものだから旨いという結論に達した。

唾液を出して唇で裏筋を扱き、舌先で鈴口を弄ってやると、聡太が低く呻いた。その声が色っぽくて、知尋は先端をちゅうちゅうと吸いながら舌で敏感な場所をくすぐった。

「知尋、さんっ」

上擦った声で呼ばれたので上目遣いに見上げてやると、瞳を快感でとろとろにした聡太の顔があった。

「あんまり遊ばないで。すぐ出ちゃうでしょ」

出せばいいのに、いくらでも飲んでやるから。ああもう、頭を撫でるのは舐めてるご褒美のつもりか？　だったら耳を弄ってくれよ。

「ん、んっ」と声を上げながら裏筋を扱き、陰嚢を揉んでやったら、ようやく耳を弄ってくれた。本当にご褒美だ。

「初めてなのに、結構上手いね。うん、玉は優しく揉んで。ちんこは唇だけじゃなく、指も使って扱いて」

「んっ」

言われたとおりに愛撫する。頭上から聡太の低く喘ぐ声が聞こえた。感じてくれてるのが嬉しい。今の自分は性欲処理の器具になったような気がして、ちょっと興奮した。

「顔にかけたい」

頭を撫でられながら言われて、知尋は「んんっ」と首を左右に振る。初めてなんだから、そのまま飲ませろと、がっつりと掴んで離さない。

「知尋さん、ねえ。…………本当に飲んでくれるの？　無理しなくていいんだよ？」

申し訳なさそうな声にひと言言ってやりたくて、右手で彼の陰茎を掴んだまま一旦口を離した。

「初めてなんだから飲ませろよ」

「そう言って、飲んだあとにみんな吐き出すよ？　あれ、微妙に傷つくんだけど……」

「うるせえよ。さっさと出せよ。俺が飲みたいんだよ！」

「…………ありがとうございます」

聡太は顔を真っ赤にして礼を言う。何を言う、礼を言いたいのは俺の方だ。知尋は再び彼の陰茎を銜えて、徐々に速くなっていく呼吸に合わせて扱いた。

低い呻き声と同時に喉の奥に熱い液体がかかるのが分かった。数度にわたって放たれた精液を無我夢中で飲み込んで、先端の残滓をちゅっと吸い取る。味わうものじゃないのは分かってる。でもこれが聡太のものだと思うと愛しかった。

「けふ」

「あああ！　本当に飲んだよ！　大丈夫？　ねえ知尋さん何か飲んだ方がいいよ！　水飲もう？　ね？　冷蔵庫にある？」

聡太はだらしない格好のまま冷蔵庫のドアを開け、慌てすぎて冷えた缶ビールを持ってきた。

「水じゃなくてごめんなさい」

「いいよ。缶ビール一口で酔ったりしねえ」

「下戸だって言ったのに」

「違う。店で飲んでたら安心できない」

「とろとろに酔ったら襲われちゃいますもんね。下戸で通してください」

軽く頷いて、ゴクリと一口飲む。口の中がやけに泡立つような気もするが、気にしないで飲み込んだ。旨い。二口、三口と飲んだところで、缶を聡太に手渡す。聡太は一口飲んでから「ビールは久しぶりに飲んだ」と笑った。

「はー……喉がスッキリした」

「知尋さんが初めてですよ。俺の精液を飲んでくれたのは」

「お前のなら飲みたいって女は山ほどいたんじゃねえ？」

「みんなトライはしてくれたんですけどね、やっぱり無理って目の前で吐き出されました」

「勿体ねえな。俺ならいくらでも飲んでやるのに」

「ねえ知尋さん、ねえねえ」

「なんだよ」

いきなり頬を両手で包まれ、額や目尻、鼻先にキスをされる。最後のキスは唇で、舌を絡めて擦り合わせるいやらしいヤツだ。すぐに体に火が着いた。

「そんなこと言ってくれるの、知尋さんだけ。知尋さん可愛い。凄く可愛い。いっぱい可愛がってあげたい」

「じゃあ、お前の気が変わらないうちに早く可愛がってくれよ」

「もう。俺の気が変わるわけないでしょ？」

聡太は乱暴に知尋をベッドに押し倒し、「可愛い声しか上げられないようにするから」と言って笑った。

「別に俺の銜えなくてもいいんだぞ？　お前ストレートなんだし」

「いや、だって、男なら体験してよ、フェラ！　凄く気持ちいいから！」

「でもな」

「俺の初フェラ、ほしくないの？　知尋さん」

「ほしい。くれ！」

欲望に負けた。聡太は嬉しそうに目を細め、知尋の下肢から下着を剥いだ。

「ムービー撮りたいなら撮っていいですよ？　でも流出させないでね」

「バカ。勿体なくてそんなこと絶対にしない」

と言いながら、知尋は傍らのスタンドから携帯端末を取り出した。我ながらいい性格をしている。

「ちゃんと、見ててね？」

ニヤリと笑う聡太の顔がムービーになる。液晶画面越しに、自分の脚が大きく開かされて、勃起した陰茎が先走りを滴らせながら揺れている。足首を持ちあげられて、上半身がベッドに沈んで「うわ」と声を上げた途端に画面がブレた。

「ほら、ちゃんと撮って」

「うるせえ、やってる」

太腿を舐める聡太の顔に興奮する。赤い舌がヘビのようにチロチロと見え隠れして、陰茎や陰嚢の匂いを嗅ぐように鼻先を押しつける仕草には、思わず腰が揺れた。

「なあ、勿体ぶらずにさあ、早く……」

「そうだね。もうとろとろの汁垂らしちゃって可愛いなあ。そんなに期待してるの？　俺の初フェラ」

うんと頷くと、「いやらしいね」と楽しそうに笑われる。ああもう笑ってくれていいから、お前が俺のちんこを銜えてるところの映像撮らせて。

液晶越しに見ているだけなのに息が上がる。自分の性器が形の良い唇にキスをされて、ゆるゆると口の中に入っていく。聡太の上目遣いと液晶越しに目が合った。ああどうしよう、気持ちよくて頭が真っ白になる。

「んっ、ふ、は、あ、ああっ、こんな……気持ちいいの？　なあ、聡太。お前も俺に銜えられて……こんな気持ちよかったの？　体溶ける……っ」

わざと音を立てて扱かれる。何度も扱かれて、腰が浮くほど強く鈴口を吸われたら、気持ちよくて涙が出てきた。「もうやだ」「やめて」と女が哀願するような声が自分の口から零れ落ちて、ムービーに収録されていく。

「お、俺っ、初めてなのにっ、初めてなのに……っこんなの、もうだめ……っ」

「じゃあ、やめようか？」

ぬるりと、形の良い聡太の唇が、知尋の陰茎から離れた。

「俺、まだっ、出してない……っ」

「うんそうだね。でも知尋がいやだって言うから」

ノホホンとした末っ子坊ちゃんだと思ったのに、なんだよその性癖は！　やばい、そういうのも好きだ！

上目遣いで画面越しに「どうしたいの？」と言われたら、もう「銜えてください」と言うしかない。

あとはもう、聡太に翻弄されて終わった。

それでも信じられないほど気持ちよかった。

強制的に射精させられるいけない快感と、いわゆる淫語責めを知ってしまった。もう何も知らなかった頃に戻れる気がしない。

「……お前、この、変態め」

「え？　知尋さんの精液を飲んだから？　だって、『そんなの飲むなバカ、やめろ』って泣きべそかく知尋さんが可愛かったから、つい」

「そうじゃない。お前、いいところの坊ちゃんのくせに、なんだよ、あの変態性癖」

二人は全裸でベッドの上に座っている。取りあえず股間は見えないよう手で隠した。

「よく分からないけど、恋とか愛とか、どうしたら手に入るかなって思っていたときがあって、手っ取り早く体を繋げてたことはあります。そこでね、いろいろ覚えたの。でもそれ過去のことだから」

それ以上突っ込むことはやめた。「言葉責め？　淫語責め？　たとえば？」と逆にツッコミを入れられたらアウトだ。そんな恥ずかしいことはリピートできない。

「もういい。……それより、この先はどうする？　俺はできれば後日にしてほしい」

「そんな！　今日はまだ土曜日で、明日は日曜日なんですよ？　俺が頑張りますから挿入しましょう！」

「イきすぎて疲れたから無理。勃たない」

「知尋さんがそう言うなら……」

「安心しろ。俺の処女はお前にやるから」

「ありがとうございます。そういえば俺、知尋さんの童貞ももらいましたね。フェラで」

そういう考え方もありなのか！

知尋の脳裏に稲妻が走った。

「チュウチュウ吸ってあげたときの知尋さんの腰のくねらせ方はやばかったな。あとでムービーを見てください。凄く……エロかったです」

「もういい。分かったから喋るな。俺は汗を流す」

「俺も一緒に入ります」

「狭いんだけど」

「でもだめだと言わないから入れるんですよね？」

だって俺、水も滴るいい男を見てみたいから。あと、片手で前髪を掻き上げてほしい。絶対に格好良い。

知尋がそんなことを考えている横で、聡太は「今度は立ったままで……」と邪《よこしま》なことを口にした。

※　※　※

リスナー控え室で本日の夕刊を読んでいた知尋は、龍司に無言で絆創膏を差し出された。

「あの……」

「いや、これはもうファンデーションの方がいいのかもしれない。凄いキスマークがついてるんだけど、トモ」

「はあ？」

「若い連中が出勤する前に、どうにかした方がいい」

「いや、そこにつけられた覚えは……ええと……」

「首の後ろの方なんだが」

龍司の指が赤い痕にそっと触れた途端、ぞくぞくと後ろめたい快感が背筋を上っていく。

「ああ、くっそ！　謀られた！　つけるなら見えない場所って頼んだのに」

目の前で龍司の顔が赤くなるのも構わず、「あいつめ」と悪態をついた。

「こうなったら、大人ニキビで通します。潰したら痕がつくから絆創膏で誤魔化してるんだと」

「……トモに恋人がいたとは知らなかった」

「凄いタイミングでできました。自分でもまさかの大勝利です」

「トモの相手ということは、つまり、男なんだよね？　この間の『青年A』？」

「ええ。この先どうなるかは分からないけど、俺は俺なりに精一杯やっていくつもりです」

「ところで……その」

龍司の視線が宙を泳ぎ、顔がますます赤くなった。最年長のリスナーは実は下ネタに弱い。オーナーは「それが可愛いんだ」と言っている。

「ああ、まだ突っ込まれてないです。つまり処女。準備がいろいろ大変なので困ります。拡張しないと」

「はいそこまでよ！　トモちゃん！　龍司ちゃんが死んじゃう！　そして、あと十分したら若い子たちがやって来るから、その……エロいキスマークはちゃんと隠してね？」

支配人の月渚は、今日もきっちり決まった縦ロールで、腰に手を当てて注意する。

「はい」

「今日からまた、素敵な一週間が始まるわ。頑張りましょうね。……私が貼ってあげるから、後ろを向いて」

絆創膏を貼れずにモタモタしていた知尋を見かねて、月渚が「だめねえ。あとエロオーラ出てるから気を付けてちょうだい」と笑いながら貼ってくれた。


お客様の言葉を聞いて、相づちを打って、叱咤激励する。いつものスタイルのはずなのだが、満足してもらえていないのだろうか。今日のお客様は誰もどこか上の空で、時折頬を染めながら知尋を見ている。

一人だけなら気のせいで済むが、三人連続は気のせいで済まない。

「俺、何かやらかしたか？」

首の後ろのキスマークは綺麗に隠れているはずだし、見えるところにはもうつけられていないはずだ。

リスナー用のトイレで手を洗いながら首を傾げていると、日夏が入ってきた。

「トモさん！」

「よう、休憩か？」

「はい、次のお客様がキャンセルになったんで、今夜は終わりです」

「そうか。俺も今さっき終わったところだ」

用を足して手を洗っても日夏はトイレから出ずに、知尋が手を乾かすのを待った。

「どうした？」

「トモさん、恋人がいるの？」

「リスナーのプライベートに口を出すんじゃない」

日夏は「それは分かってるけど」と唇を尖らせる。可愛い拗ね顔に思わず笑ってしまう。

「…………いるよ、恋人。執念と偶然で手に入れた。これもいわゆるラッキースケベの類だな」

「は？　何それ」

「俺な、恋愛に関しては結構泥臭いことすんの。しくじったり、バカもやるし」

「なんか……イメージが……違う」

「だから俺のイメージってなんなのよ」

「男も女も別にいらないって感じの、こうストイックな……」

「いやいや、俺結構性欲強いっての分かったから、やれるならガンガンやりたいぞ？」

素直に言ったら、日夏が泣きそうな顔で「トモさんのエッチ！」と叫んでトイレから出て行った。エッチと言われてもまあ、その通りなんだから仕方がない。聡太と体を合わせるのはとても気持ちがいい。挿入こそないが、週末の二日間で、それ以外は全部やった。

そのうち、もっと危ない世界に足を突っ込みそうな予感がするが、今のところはセーフ。

「もうしばらくここにいるか」

今控え室に戻ったら日夏が「トモさんがエッチなんだ」と喚いている場面に出くわす。それは避けたい。

どうやって時間を潰すかと思っていたら、携帯端末がメール着信音を響かせた。

相手はきっと聡太だ……と思って発信者を見たら支配人だった。

内容は、「今すぐ支配人室に来て」。

「失礼します！」

ノックと同時にドアを開けて、デスクと書類棚に囲まれたこぢんまりした支配人室に入る。

「トモちゃん、私まだ返事してない」

「すみません、入りました」

「悪い子ね。ほんと……今日のあなたにはほとほと困ったわ。そりゃあお客様に負担をかけるわよ」

革の椅子に腰掛け、デスクに頬杖を突いた支配人は、「こればかりは対策とれないわよね」と残念そうに目を閉じる。

「あの、意味が分かりません」

「ここはお客様の愚痴を聞く場であるけれど、風俗でもあるの。もちろん挿入行為はない。リスナーたちに暴力を振るうことがなければ、大抵の行為は許される秘密の空間なのよ。分かる？」

「ええ」

「トモちゃんを抱き締めたい。でもそれをやったら嫌われるからできない。トモちゃんに膝の上に乗ってほしいけど怒られたら死ぬ。トモちゃんにお触りしたいけどやったら明日の太陽は見られないような気がする」

支配人の言葉に、知尋の目がまん丸に見開かれた。

「一皮剥けたトモちゃんがエロすぎたために、私がお客様のフォローをしました。別のお客様なら、私もここまで言ったりしません。本日のお客様は、あなたを贔屓にしてくれてる大得意、しかも店に出資もしてくださってる方々なのよねえ……」

「………申し訳ありません」

「エロオーラは必要だと思うけど、ダダ漏れってどういうことよ。お客様に我慢を強いる店じゃないのよ？　ここは。取りあえず……三週間ほど休暇を取って、心も体もスッキリさせてきて。あなた、ここに就職してから長期休暇を一度も取ってないでしょ？」

ちょっと待ってくれ。もしかして俺……有給消化のあとに解雇？

唇を噛みしめる。握り締める手の指がやけに冷たい。

「ほらほら。解雇じゃないからそんな怖い顔しないの。ただ、戻って来てもエロオーラが出っぱなしだったら危ないわねえ。あとね、いい機会だから就活やってみなさい。あなたがここで働いていて、恋人はいい顔をしないんじゃない？」

言われてようやく気づいた。言われてみれば恋人ができたリスナーはみな退職した。そして、退職したリスナーの半分ほどは「またお世話になります」と訳ありの笑顔で戻って来た。

「分かりました。本当に……ご迷惑をおかけして申し訳ありませんでした」

「はい。話は以上です。ゆっくり体を休めてね」

どこか面白がって微笑んでいる支配人に一礼して部屋を出る。

廊下に出た途端、どっと汗が噴き出た。

自分は何をしているんだ。後輩には仕事にプライベートを持ち込むなと言っておいて、その本人がこのていたらく。どうしよう、どうしようどうしよう。なんで俺、エロさダダ漏れとか言われるんだ？　意味が分からない。

早足で廊下を歩く。今夜はタクシーで帰って、明日は一日ゆっくり過ごそう。それから、これからのことを考えよう。聡太に話をしてみるのも一つの手だ。

誰もいない控え室に入った知尋は、さっさと私服に着替えると、財布の中に金が入っているのを確認してロッカーを閉める。ビルの従業員出入り口から外に出て大通りに向かったが、タクシーはどれも送迎や回送でなかなか捕まらない。

ＪＲの駅まで行けばタクシー乗り場があるが、ここから歩いて三十分はかかるし、最寄りの地下鉄は走れば終電に間に合うという微妙な時間。仕方がない。三十分歩こう。途中でタクシーを捕まえられたらラッキーだ。

人通りの少ない深夜の大通りを一人で歩くよりはと、聡太の携帯端末に電話をかけた。寝ているなら別にいいや……と思ったところで、相手が電話に出る。

「聡太、よかった。起きてたんだ」

『はい？　聡太さんのお友達？　彼は今、お風呂に入ってますけど呼びましょうか？』

柔らかなハスキーボイス。女性は気を利かせてそう言ってくれたが、知尋は深呼吸して答えた。

「あ、いえ、暇かなと思って電話をしただけなんで、大丈夫です」

『夜中に電話の持ち主じゃない人が出たら驚いちゃいますよね？　いつも聡太がお世話になっております。婚約者の結奈《ゆいな》と申します。よろしかったらお名前を……』

「いえ、構わないんで、また昼間にでもかけます。じゃあ！　失礼しました」

できるだけ元気な、深夜に電話をかけてくるバカな友人を装った。

歩いていたと思ったのに、いつの間にかその場にしゃがみ込んでいた。

というか、膝から崩れ落ちる。

「なんだよ……」

なんだよあれは、もう浮気ですか。それとも俺が遊びでしたか。…………どう考えても俺が遊びだよな？　だよなあ。あいつストレートだもんなあ。初心者のゲイに付き合ってくれただけ？　にしては演技が上手すぎじゃないか？　とにかく本人に聞いてみないとどうしようもないな。俺が浮気相手だったらさっさと別れないと婚約者に慰謝料取られるし。どうせなら、突っ込んでもらってから別れればよかった。

頭の中は妙に冴えているのに、知尋の両目からはボロボロと涙が流れ出した。

目が腫れて開かないので、聡太にメールが打てない。とにかく氷で目を冷やして、ベッドにずっと横たわっていた。

何件かメール着信があったが、音でリスナーの仲間からだと分かる。きっとみんな心配しているのだ。店のナンバーワンが三週間も休暇を取るなんて普通は有り得ない。支配人はゆっくり休めと言ったが、今まで仕事しかしてこなかったので寝る以外のリフレッシュなんて知らない。

またメール着信だ。店に戻る頃は、おそらくシエルがナンバーワンの位置に就いていることだろう。彼女ならきっと上手くやっていける。

「……腹減ったな」

朝から何も食べてないが、人間、一日二日は食べなくても死にはしないと自分に言い聞かせる。目の腫れが引いたら近所のコンビニ行こう……と思ったところでまた眠ってしまったようだ。外は薄暗く、今が朝なのか夕方なのか区別がつかない。目の上にあったビニール袋の氷詰めは床に転がっていて、陸に揚げられたクラゲに似て見えた。

「目は開く、けど……寝起きでは焦点が合わないか」

ゆっくりと体を起こして、ぐっと伸びをする。何度も瞬きをしてから液晶画面を見ると、メール着信が凄いことになっていた。

こんなにたくさんの着信など、未だかつて体験したことがない。リスナー全員からメールが来たとしても、だ。

「だ、誰……？」

画面をタップして発信者を確認していく。「ベルベットリップ」のリスナーたちは確認した。案の定、みんな心配していて、特に一番落ち込んでいたのが日夏だった。「ごめんなさい」と「俺が悪かったです」ばかりのメールは見ていて心が痛い。まず日夏に「お前のせいじゃない。ちょっとゆっくり休ませてもらっただけだ。心配するな。みんなにもよろしく伝えてくれ」と返信した。これで、リスナー全員に伝わるだろう。それよりも何よりも大変なのは聡太だ。

今朝未明から今日の夕方までに、五十件もメールが入っている。最初は「昨日電話くれました？」で、「今日も天気がいいですね」「知尋さんとご飯食べたいなあ」「出てこられます？」「あの、返事がないです」「遊びに行っていいですか？」と、最後の方は、「勝手に行きます」「今、最寄り駅です」「ケーキ買っていきますね」。そして、一番最後のメールは目覚める直前の十分前。「ケーキ買いました」。そのメールを読み終わった途端、玄関からチャイムが鳴り響いた。

ホラーかよと、びくんと反応してから、玄関に走る。昨日の私服のまま寝てしまったので服がよれよれだ。

覗き窓で聡太の姿を確認してからドアの鍵を開けた。

「来ちゃったー」

「おう。入れや」

「知尋さん、全然連絡くれなくて寂しかったです」

「悪いな、さっきまで寝てたんだ」

「そっか。だから寝癖なんですね」

癖の付いた髪を長くて綺麗な指に梳かれる。気持ちいい。その指が頬から顎を撫でたところで、一歩後退る。聡太は小首を傾げたが大して気にした様子も見せずに、「紅茶入れますね？」と勝手知ったる他人のキッチンから、マグカップを二つ取り出した。ティーバッグを入れたそれをケーキと一緒にトレイに載せて、こっちにやってくる。

「お湯は沸き立てのが美味しいですから」

「おう」

「今日はゆっくりなんですね」

「今日から俺、しばらく休みなんだ。三週間ぐらい」

旨そうなケーキに罪はない。ありがたくいただこう。ムースが載ってるのとモンブランか。また分けるのかな。

小さなフォークを持って「どっち、食う？」と尋ねた知尋は、聡太にいきなり抱き締められた。

「なんだよ」

「店をやめたの？　知尋さん」

「やめてねえよ。支配人からしばらく休めって言われただけ」

他人事のような、どこかのんびりした口調で言ったところで、湯が沸いた。聡太は腰を上げて火を止め、シュンシュンいっているケトルから熱々の湯をマグカップに注いだ。

「トモさん、店で倒れたの？　過労？　支配人さんが休めって言ったなら、ゆっくり休めばいいよ」

そう言って、ケトルをガス台に置いて戻って来た。でかい男が忙しないなと思って笑うと、「笑うシーンはどこにもないよ」と頬を膨らませて文句を言う。

「別に体が悪いとかそういうのじゃない。一度ぐらい長期休暇を取ってもいいかなって……、メールの量が凄くてびびった」

「あー……その、だってほら、二日間も濃い時間を過ごしたあとだから、メールもそういうものになりますって」

「そっか」

「知尋さんが休みなら、今夜もいろいろやっちゃう？」

「いやー……、ああそうだ。俺、昨日な、仕事終わってからお前に電話したんだ」

「はい」

「そしたら色っぽい声の女子が電話に出た」

聡太の眉間に皺が寄るのを初めて見た。

ああやっぱり大事な人だったのかと、知尋はため息をつく。

「あの、手っ取り早く言いますね？」

「おう。別れるなら傷は浅い方がいい」

「そうじゃなく！　彼女は従妹です。もしかしたら婚約者とか名乗ったんですか？　それは子供のときに親同士が決めた約束で、去年無効にしましたから！　安心してください！」

さてどうしよう。これは信じていいものか。もう少し話を聞いてからにしようか。知尋はしばらく考え込んでから、「続けて」と言った。

「昨日は、友人と遊んでいて終電がなくなったから泊めてくれと言われて……それで仕方なく泊めただけで。何もやましいことはしてませんから！」

「お前の電話に出た理由は？」

「分かりません。でも……もしかして牽制かも」

「電話にロックかけてないのかよ」

「あのときはロックかけてませんでしたけど……知尋さんの画像やムービーならすでにパソコンに移行しておいたので大丈夫ですよ？　パソコンはロックかけてます」

「そういう問題じゃねえよ！」

「怒らないでください」

「俺だって、怒りたくねえよ。けど確実にあの電話の主は、お前の婚約者だって言ってたぞ？　どうすんだよ」

「知尋さんが気にする必要はまったくありません」

聡太は「その話はおしまい」と言って、マグカップの紅茶を一口飲んだ。

「おしまいにできるかよ」

「ねえ知尋さん、いいこと考えた」

聡太がニヤリと笑う。こいつがこういう顔をするときは、悪いことを考えてるときだ。

濃厚な二日間を過ごして、知尋は学習した。

「なんだよ」

「知尋さん、俺のマンションで暮らしましょう。ね？　三週間、ずっと俺の傍にいてください」

「そして俺は、お前の元婚約者と鉢合わせして刃傷沙汰になるのか？　処女のまま殺す気かよ。一発やりたかったってダイイングメッセージを残すぞ」

「そんなもったいないことさせません。……あと、セキュリティーロックの暗証番号を変えます。誰も勝手に入れないから大丈夫」

だが知尋は乗り気になれない。

三週間二人きりでセックスばかりしまくっていれば、さすがにエロオーラも落ち着くだろうと思うが、いま一つ気持ちが盛り上がらない。男心は繊細だ。

「ねえ知尋さん」

「なんだよ」

「俺が好きなのは、知尋さんだけ。好きになってから恋人同士になるまで信じられないくらい早かったけど……でもね、俺はこれから二人でいろんな思い出をゆっくり作っていければいいと思ってます」

真剣な表情でそう言われると、ああ俺たちは恋人同士なんだなと思う。そして聡太の真顔は可愛かった。男心は現金でもある。ほらもう機嫌が直った。

「そうだな」

「だからね？　俺たちさっさとセックスしましょう。セックスして、知尋さんを俺なしじゃいられなくしたいです」

聡太は「ね？」と小首を傾げて微笑む。天使か。エロ天使かお前は！

知尋は聡太の頭を軽く叩いて「その顔でエロいことを言うな」と叱ったが、逆に「ギャップ萌えですか？」と突っ込まれる。

確かにそれはある。綺麗な顔で下品な言葉使いをされると、たまらなく興奮するのだ。気がついたら自分が知らなかった自分の性癖まで暴露されるとは思わなかったが。

「知尋さん、ねえ、話を聞いてもらえます？」

「プライベートで仕事はしねえ」

「そこ、頑固ですよね？」

「だから勝手に話せよ。俺はケーキを食べる。モンブラン食っていい？　それとも半分にする？」

「あ、半分にしてください。……もう、俺勝手に話しちゃいますからね！」

「好きにしろ」

聡太のふくれっ面を見てると、自分がグダグダ考えているのがバカらしくなる。もっと面白い顔を自分だけに見せてほしい。


「兄に企画の感想をもらったんですが、お前一人で考えたのかと言われて落ち込みました。俺ってどれだけできない子扱いなんですかね」

「今までの所行を振り返れ」

「ほんとすみません。でも……ちゃんと説明したら分かってくれました。このあと、会議にかけてくれるそうです」

ベッドを背もたれにして足を投げ出した知尋の太腿に、聡太が頭を乗せている。膝枕というには色気が足りないが、聡太はそれで満足していた。

「お前は？　自分の企画なのにどうして兄に任せる」

「俺だと、末っ子が何を言ってるんだかで終わってしまうから。でも、誰の企画かをネタばらしをするときは俺も同席します。俺をバカにしてたヤツらの顔がどう変わるか見てみたい」

「それは……ちょっと面白そうだな」

「でしょ？　福祉事業はないがしろにされがちなので、だったら俺がやってもいいかなと思って。勉強するのも結構楽しいです」

ほわほわとしたお坊ちゃんが福祉事業か。意外と成功するかもな。賛同者とのパーティーもあるだろう。お客様から聞いたことがある。そういうのは夫婦同伴がいいんだよな。

「聡太」

「はい」

「あー……いや、なんでもない。あと、太腿が痛い」

あやうく、「俺のことは捨ててもいいぞ」と言いそうになった。まだ処女なのに、捨てろも何もない。図々しい。大体男女の恋人同士だって一生一緒にいることの方が少ないのだ。書類という絆で結ばれた夫婦も離婚できる。確かなものは何一つないのだから、怯えていても仕方ない。

「何か、いやなことを考えてるでしょ？　知尋さんって、意外と悲観的なんだね」

含みたっぷりの言い方に、「まあ、俺はゲイだしな」と答えてやる。すると聡太は目を細めて笑った。

「こういうのも、ギャップ萌え。可哀相な自分を想像して泣いちゃったりします？」

「な……！　するかよ、そんなこと！」

「泣かないでくださいね」

「安心しろ、泣かねえよ」

触り心地のいい柔らかな髪を撫でながら言うと、聡太は「よかった」と言って尻を撫で回してきた。

※　※　※

気分を変えるのもいいだろうと思い、知尋は三週間、聡太のマンションにやっかいになることを決めた。一応、身元保証人である和人には連絡を入れた。

彼は終始渋い声で「嫁に行くのか」とバカなことを言っていたが、最終的には「いろいろ頑張っておいで」と言ってくれた。

取りあえずは、自分が聡太を骨抜きにしてしまえば、結婚は別として、別れることはなく恋人同士の関係は続くだろう。問題はテクニックだ。他人を相手にテクニックを磨くことはしたくないから、常に実践になる。覚えはいい方だと思うので、きっと上手く行くはずだ。それに今はインターネットの世界に様々なハウツームービーが存在する。ありがとう先達。しかし、ほんと、金持ちってのはとんでもない。なんなんだ、この、バスケができそうな広さのワンルームは。

広々としたフローリング。窓際には大きなベッドがあり、黒い鉄製のパーティションの向こうには革のソファセット。テレビはとんでもない大きさで、ゲーム機器が山ほど揃っている。最も驚いたのがベランダで、なんとプールがあった。何十メートルもないが、大人たちが水に浸かって遊ぶには十分な大きさだ。プールサイドにもソファのセットが置かれていたが、こちらは濡れてもいいように籐でできていた。観葉植物まで高そうだ。

「……掃除が大変そう」

思わず出てしまった言葉に、聡太は「ハウスキーパーに頼んでます」と笑う。

「だろうな。……で？　俺の部屋は？　あと、荷物……」

「俺と同じベッドで寝ましょう。荷物は、こっちの壁一面がクローゼットになっているので、好きに使ってください。あ、横の扉はトイレとバスルームです。一緒にお風呂に入りましょうね」

「……この間電話に出た従妹は、どこに寝たって？」

「ソファに寝かせました。俺、他人にベッドに寝られるのが嫌なんで」

「お前結構、女子に優しくないな。なんだよその塩対応」

「あいつはいいんです。もともと好きじゃなかったし、知尋さんへの対応を聞いて、ますます嫌いになりました。床に寝かせればよかった」

「お前酷いわ。……あー、俺は一緒に寝てもいいのか？」

「当然です。ずっと一緒ですよ」

つまり、トイレ以外はプライベートがないのか。なるほど。がんがん誘いまくって、俺なしじゃ生きていけないようにしてやるからな？　可愛い聡太。

知尋はそんなことを思いながら、クローゼットの扉を開けて持ってきた荷物を中に入れた。

※　※　※

聡太との共同生活は、喧嘩をすることもなく続いている。

お互いまだ知らないことも多いが、これなら上手くやっていけそうだ。あの従妹が襲来したらどうやって帰そうかと、そんなことを考える余裕まであった。

「俺は、知尋さんと同棲してから驚きの連続です。ギャップ萌えで死にそう」

「大げさなんだよ」

「だって……ご飯が美味しい」

聡太は、おにぎりと卵焼き、そして炒めたウインナーの載ったプレートを目の前にして、うるうると瞳を潤ませている。

時刻は午後十時半。

腹が減ったと言う聡太のために、知尋がちゃっちゃと夜食を作ったのだ。

「これぐらい、大したことない」

「手作りですよ！　シェフがケータリングでやって来るのとは違うんですよ？　俺が今まで付き合った子は、外食ばかりでした。何人か手作りアピールをする子がいたんですが、実は家政婦が作った料理で……」

「へえ。よく分かったな」

「俺の友人が、彼女に作り方を聞いたんです。そしたら支離滅裂で自爆しました」

思うに、聡太の友人たちはいいセキュリティーだったのではないだろうか。思わず「お前は大事にされてるなあ」と言ったら、「そうかな」と首を傾げるが、絶対にそうだ。だって聡太は可愛いから。

「さしずめ俺は、お前を横からかっさらう泥棒なんだろうな」

「でも、その泥棒は俺の下でいつも可愛い声を上げてるよね」

「言うようになったな！　さっさと食え！　台所が片付かない！」

「はーい」

聡太は笑顔でおにぎりにかぶりつく。

むせないようにと、すぐ飲めるように少しぬるめのお茶を入れてやると、案の定ごくごくと飲み干した。

「落ち着け」

頷きながら卵焼きを口に入れる聡太は、本当に可愛い。綺麗なのに可愛い。あまり「可愛い」と言うと怒るから、そこそこにしか言えないが。

「ごちそうさまでした」

「はい。お粗末様でした。歯、磨いてこい」

「分かった」

と、聡太が席を立ったと同時に、彼の携帯端末が通話着信音を響かせた。


「いきなり押しかけて悪いな。我慢できなくて！」

「……お邪魔します」

電話から三十分後に現れたのは、聡太の友人・成実《なるみ》と令次《れいじ》だった。二人とも聡太に劣らぬ高身長と容姿で、手土産を渡しながら知尋を見下ろす。

「へえ。彼が聡太の言ってたトモさんか。めちゃエロいな。もしかしてさっきまで聡太とやってた？」

腰に手が回る前に、知尋は成実の手を叩き落とした。

「ふざけんな。こんな時間に人んちを訪問するのは非常識だってのに、俺にまで勝手に触るんじゃねえよ」

「え……？」

「用事があるならさっさと済ます！　俺と聡太は三十分後には寝るんだからな！」

当たり前のことを言っているだけなのに、成実は徐々に腰を下げ、気がついたら正座をしていた。隣の令次も釣られて正座している。

「いや、その……聡太の恋人に一目会ってみたくて、こんな時間にすみませんでした」

「え？　何……？　俺たち叱られてんですか？　こんなにエロオーラが出てる人に？　でもこの気持ちは何？　ドキドキする」

成実は素直に謝罪し、令次は頬を染めた。

「今度から、来る時間を間違えるなよ？　いいな？」

素直でよろしいと、優しい声をかけてやったら、聡太が「そうやって、叱ったあとに甘やかすと信者が増えちゃうよ！　知尋さん！」と頬を膨らませた。

「店の上客になってくれるなら構わないが」

「そういう問題じゃないです！」

「何を怒ってるのか知らないが、俺の恋人はお前以外は考えられないぞ？」

「知尋さん！　好き！」

いきなり抱きつかれて、「人前だ！」と引き剥がす。恋人と抱き合うのは楽しいが、それを他人に見せる趣味はない。

「……聡太、この人は本当にお前の恋人か？」

「違うと言うなら今のうちだよ？　バカにしたりしない。むしろ、この出会いを感謝する」

成実と令次はゆっくりと立ち上がり、知尋を囲うように迫る。

「もしよかったら、俺と付き合わないか？」

「僕と付き合ってもらえませんか？　大事にします……」

キリリと精悍なイケメンと、可愛いタイプのイケメンに、同時に付き合いを迫られる。

ゲイ冥利につきるというものだが、あいにく知尋は、聡太以外は眼中になかった。

「気持ちは嬉しい。だが俺の恋人は聡太だ」

「知尋さん！」

友人たちを押しのけて、聡太は再び知尋に抱きついた。知尋も、今度は彼を剥がさない。

「は？　告白して数秒で振られるって？　生まれて初めて振られた……」

「僕もです。こんなこともあるんですね。ますます知尋さんに惹かれました……」

頬を染めてほわわんとしている友人たちに、聡太が呆れ顔で話しかけた。

「二人とも、本当に知尋さんを見に来ただけ？　他に何か用があったんじゃないの？」

「あー……実は、その、結奈に頼まれた」

成実が申し訳なさそうに言う横で、令次も小さく頷いた。

結奈という名前に覚えがある。忘れるはずもない、聡太の従妹だ。

「また結奈？　もう、なんで二人であいつの言うことを聞くの？　こっちは迷惑してるんだけど」

「あいつには俺たちも迷惑してんだよ！　けどな、大通りの、人通りが多いカフェでいきなり泣き出されてみろ。俺はあのときの、通りすがりの人々の視線に耐えられなかった」

「聡太君を別れさせるために、僕たちを仲間にしたかったみたいです。でも僕たちは、彼女の今までの行いを知っているから、何を言われても頷かなかったんですが……彼女、さすがは聡太君の従妹だけあって外見は最高なんですよ。『ごめんなさい、私が悪いのね』って泣かれたら、アウトです。嘘泣きでもアウトです」

「え？　あれ、嘘泣きだったのかよ。なんだよ！」

「成実君はそういうのに気づかないから、いつも変な女子に引っかかるんです」

「令次こそ、人のこと言えるのか？」

「僕は聡太君と同じく、男子に愛を捧げようと思ってますから」

「だったら俺もそうするわ。ようは性格だろ？　性別より性格が大事だ」

なるほど、これは聡太の友人だ。間違いなく聡太の友人だ。少々バカっぽいが、きっと聡太のいい友人なのだろう。彼らがセキュリティーだとしたら、少々心配だが。

「話はもう終わったか？　その、聡太の従妹が何をしようとしているんだ？」

問いかけると、成実と令次は顔を見合わせてから順番に口を開く。

「……聡太に変な虫が付いてたら、追い払ってくれだと。取りあえず行くだけ行って、知尋さんに会おうってことになった」

「その通り。でも女性の勘は凄いですね。聡太君に彼女ができたって言い当てましたから」

「あの女、ほんと食えねえ。確か、結婚してたよな？」

成実が聡太に話しかけると、聡太は「離婚して戻って来た」としかめっ面で頷く。

「あー……、それはアレだな。今度こそ聡太と結婚するって意気込んでるな」

「知尋さん、暢気に言わないで。あいつはほんと、手段を選ばない女だから」

「手段を選ばないって？」

「知尋さんが拉致られて、恥ずかしい写真やムービーをいっぱい撮られちゃったら……俺が死ぬ…………」

何かとんでもないことを想像したらしい聡太は、両手で顔を覆ってその場に座り込んだ。

「それはないだろ。大体、その従妹はどれだけ凄いんだよ！」

知尋の問いに成実が答えた。

「セクハラ。する方な。痴女と変わらない。美人だから事件にならないだけって感じだな。世界中の男は全員自分のものだと思ってるお姫様気質だ。人の男を取るなんて朝飯前。あそこまで酷いと、取り巻きの女友達さえ一人もいねえ」

「ふーん。でも俺はゲイなんだけど」

「そうですか。……ただ、聡太君の彼女が実は彼氏だと彼女が知ったら、どんな行動を起こすか見当が付かなくて怖いです」

「心配してくれてありがとうな、えっと……令次君。でもまあきっと大丈夫だよ」

ぽんと、令次の頭を撫でてやると、令次は首まで真っ赤に染めて、「これはヤバイ。聡太君も落ちます」と呟いた。すると成実も「俺も俺も」と頭を差し出す。

「あ、頭ぐらいなら……別に触れてもいいですけどね！　でも知尋さんは俺の恋人だから。それ以上のことはＮＧだからね！　二人とも！」

嫉妬で悔しそうな顔をしてる聡太が可愛い。自分かそんな顔をさせているんだと思うと、いけない快感が背筋を走る。今ここに彼らがいなければ、すぐにでもベッドに押し倒して、馬乗りになってフェラしてやるのに。

思考があまりにも欲望に忠実で、知尋は早く聡太と寝たかった。

※　※　※

昨日の夜やってきた聡太の二人の友人は、そのまま泊まった。ベッドは聡太と知尋のものなので、ソファにクッションやブランケットを敷いて即席のベッドを作ってやった。そこまではちゃんと覚えてる。彼らはそこで寝ているはずだ。

なのに、今感じている緩い心地よさはなんだろう。一、二、三……と、人一人の腕の数ではない、複数の腕が体に絡みついては、肌の柔らかいところに触れていく。

「ん……？」

下着の上から股間を触られたので驚いて目を開けると、笑顔の成実と令次に挟まれていた。聡太がどこにもいないので、強引に体を起こすと、彼はベッドから落ちていた。

「……目が覚めちゃったんですね」

令次は残念そうに言って体を起こし、ベッドの下に落ちている聡太を揺すって起こした。

「おいこら」

「ちょっとした悪戯だって。ええと……悪ふざけがすぎました。ごめんなさい」

成実は正直に言って謝罪する。

「……聡太が羨ましかった。つるんでた仲間はみんな大事なものを見つけていくのに、自分はまだそれに出会えなくて、きっと焦ってるんだ。俺、誰にも出会えないまま、一生終わるのかな。そんなの嫌だ」

寝起きで、しかもプライベートでリスナーの仕事などしたくないが、目の前に不安を口にする子羊がいては捨てておけない。

「バカ。俺だって二十六年待って聡太に出会えたんだ。諦めるのは早いんだよ」

「そうかな。でも、どこを探せばいいか分かんねえや」

「取りあえず、ふらふらしてないでちゃんと働けよ。仕事をしてる姿勢に惚れるってのはよくある」

「……それって、誰かが俺のことを好きになるってことか？」

「そうだ」

ほんとこいつら、精神年齢はがちで子供だ。大した苦労もしないまま、のんきに成人したから今頃不安になってるんだな。人生の指針なんて、意外とそこらに転がってるってのに。

よしよしと成実の頭を撫でながら、そんなことを思う。

「……なんで知尋さんがパンツだけなの？　それと、どうして成実が知尋さんによしよしされてんの？」

嫉妬を隠しもしない聡太に背後から抱きかかえられた。「何もされてないよね？」と言いながら、筋張った長い指が体を這っていくと、くすぶっていた快感に火がつく。

「おい……っ、俺は特別サービスで話を聞いてやってただけだ」

「そんなサービス、俺にはしてくれないのに」

「拗ねるなよ。可愛いな」

首を反らしてちゅっとキスをしてやると、途端に「えへへ」と大人しくなる。

「前はよく三人とか四人で一緒にやったけど、こんなにデレデレになる聡太は初めてだな」

「それ、今ここで言います？　成実君」

「もう言っちゃったし！」

俺も、もう聞いちゃったしな。そうか、そんな凄いことをしてたのか。のんびりゆったり爛《ただ》れやがって、お坊ちゃんたちめ。その頃の俺は、処女で童貞で悶々としてたってのに。

体に変な力が入ったのが、聡太に気づかれてしまった。

「バカやってたときの話だから、もう忘れて」

「そうか。男が四人いるんだから、乱交ぐらい簡単にできると思ったんだが」

「ちょ！　知尋さん！　まだ処女なんだからそんなこと言っちゃだめ！」

聡太は血相を変えて怒るが、知尋は「冗談だ」と簡単に言った。

成実は「せめて見るぐらいならいいと思うんだけど」と提案し、令次も「知尋さんはエロオーラをダダ漏れさせてる責任を取って」と二人に迫る。

「昨夜から、その、エロオーラって何？　知尋さんがエロいのはいつものことでしょ？」

「あー……いや、その、間違ってない。お前とその、色々やっただろ？　俺、初めてだったじゃないか。で、その後……今の俺はエロオーラとやらを出してる最中なんだとみんなに言われた。お客様に迷惑をかけるから店は休み。これを治さないと店に復帰できない」

なんでこんな恥ずかしいことを語らなくちゃならないんだと思ったが、聡太が元凶なのだから、恋人として頑張ってもらわなければ。

「なるほど！　つまり、エロオーラが出なくなるほど、思う存分やりまくれということなんですね。分かりました。見学してもいいですか？」

令次が笑顔で言い、成実も「後学のために是非」と姿勢を正す。

知尋は固まるが、聡太は恋人らしく言い放った。

「知尋さんのエロい顔は俺だけが知ってればいいの！　二人とももう帰れっ！」


取りあえず飯は食わせてやろうということになった。

だし巻き卵に大根おろしを添え、焼きかまぼこにはわさび醤油。タラの西京焼き。キュウリの塩もみに、味噌汁の具は厚揚げと長ネギ。冷蔵庫の残り物で作ったのだが、成実と令次は「旨い」「羨ましい」を連発して、三回もおかわりした。

彼らは腹いっぱい食べてから、知尋に「俺たち味方ですからね？」と何度も言い、聡太には「あの女に気を付けろよ」と釘をさしてマンションから出て行った。

「……あやうく、本当に3Pとか4Pになるところだったな。初心者にはきついわ」

ベッドのシーツは皺だらけだが、知尋は関係なくそこに腰を下ろす。Tシャツに借りもののハーフパンツでは肌寒く、両手で太腿を擦った。

「だからあいつらを煽らないで。ほんと煽らないで。知尋さんに何かあったら、俺が死ぬから。あと多分、宇佐美のおじいさまもころっといっちゃうから」

そう言いながら、聡太は彼の横に腰を下ろした。そっちも似たような格好だ。

「お前、縁起でもない」

「知尋さんがエロオーラを放ってるのが悪いんだよ。俺に分かんないのは元凶が俺だから？　貫通できたら収まるのかな？」

「分からないんだったら、またあいつらに来てもらえばいいじゃないか」

「そうですけど……もう特別サービスはしないでくださいね。そういうのは、お店でお願いします」

「可愛い嫉妬だな」

「そうやって、知尋さんは俺を困らせて楽しんでるんだから」

「しかしあの二人も、ガキなんだか社会人なんだか分かんねえな」

「一応、いろいろ経営してるはず」

「お飾りの頭じゃなく？」

「あんな残念な言動でも、ちゃんと働いてます。パソコンを使って仕事をしているので、古いシステムが好きな重役たちに疎まれてるんです。それで、いろいろあって脱力系になっちゃいました」

「そうか」

「でも知尋さんに話を聞いてもらったから、方向がハッキリするんじゃないですか？　ほんと、特別サービス腹立ちますけど！」

「機嫌直せよ、フェラしてやるから」

よしよしと頭を撫でると、「一緒に風呂に入りたい」とリクエストされた。ここのバスタブは、長身の男が足を伸ばしても大丈夫なほど広々としている。アパートの微妙な大きさの風呂とは大違いだ。

「風呂に入るだけでいいのか？」

「その……いやらしいことがしたいです」

「どんな？」

顔を覗き込んで尋ねてやると、聡太の頬がふわっと赤くなるのが見えた。可愛い。やることはとんでもないのに、どうしてこんな可愛い顔ができるのか不思議だ。

「知尋さんのおっぱい吸いたいし、揉みたいし……」

「それから？」

「知尋さんのちんこに寸止めしたい。あと、尿道プレイって言うのも一度してみたいんですけどだめですか？　射精管理とかめちゃくちゃ萌えます。耐水性のオモチャで責めてみるのもいいかなと思ってます。野外の露出プレイとか、他にもいろいろ。知尋さんにいろんなことをしたい」

綺麗な顔して言うことが変態。

きらきら瞳を輝かせて言うことじゃない。知尋は「喋るな」と言って聡太の頭を叩いた。

「痛いです……」

「後戻りできなそうなプレイは後回しだ」

「後戻りしないで。俺に溺れてください。俺が弄ってあげなくちゃイけない体になって」

「……仕方ねえ、なってやるよ」

「俺もう、知尋さんの中に入りたい。そんで、とろとろの中イきさせたい。知尋さんはエッチだから、すぐ気持ちよくなれると思うんだ」

「俺の処女はお前にやるつもりだけど、本当に突っ込んでいいのか？　お前こそ、男の尻が良すぎて後戻りできなくなったらどうすんだよ。ゲイじゃないのに」

ぱちくりと、聡太が瞬きをする。長い睫に触れてみたい。

「俺は、知尋さん専用ゲイですよ。他の男に欲情なんてしないし、ただ気持ち悪いだけだけど、知尋さんを見てるとすぐ勃つの。ほんと、どこでもセックスしたいくらい、知尋さんに欲情するよ？　俺」

聡太の声がだんだん低くなって、最後は囁かれた。この、耳にかかる吐息がたまらなく興奮する。

「まだ俺に突っ込んでねえのに、そんなこと言っていいのかよ」

「いいの。俺、愛情も嫉妬も深いからね？　一生離さないよ？」

「じゃあお前が俺の家族になるんだな」

Tシャツをたくし上げられ、のろのろと脱がされる。すでに乳首は勃起していて、聡太の指先に可愛がられて硬くなった。

「はっ、ぁ」

体はすっかり聡太の指の動きを覚えて、快感を拾い上げていく。

「こっちもとろとろだね。お漏らししてるみたい」

下着越しに鈴口を擦られてピクンと腰が浮く。染みがじわりと広がって粗相をしたように見えた。

「お風呂で、お尻をいっぱい弄ってあげるね。そしたらすぐに繋がれるよ。ずっとしたかったんでしょ？」

初めてだから、そこは相手に任せるつもりだった。聡太がほしいなら聡太に全部くれてやる。

「ん。したい。早くしたいよ……俺」

可愛いと囁かれて、触れるだけのキスを何度も繰り返す。互いの体に残っていた僅かな布を引きずり下ろして、キスをしたままバスルームに向かった。


眩しい太陽の光がさし込むバスルームで、バスボムの泡にまみれた。パッケージにピーチの香りと書かれていたとおり、とても甘い香りがする。

「ん、んぅっ、聡太っ」

バスタブの縁に腰を突き出すようにして座り、大きく脚を広げた。泡で滑る体を筋張った長い指が滑る。ぷっくりと膨らんだ乳首と乳輪をくすぐり、腹につくほど勃起した陰茎を撫で回す。その間も、右手の指は後孔を慣らすためにゆっくりと動いていた。

くちゅくちゅといやらしい音が浴室に反響する。

「苦しい？」

「平気。……それより、まどろっこしい」

「だめ。中を綺麗にしただけじゃなく、丁寧に柔らかくしないとね」

プラスチックシリンジに入れた湯で腹の中を綺麗にした。というか、された。どこで買ったと聞いたら「通販」と言われた。昨今の通販は本当になんでも売っている。

「今ね、指が二本入ったの。分かる？」

「分かんねっ、んんっ」

中で指がバラバラに動くと、時折電流のような快感にぶち当たる。そのたびに陰茎が揺れるので、聡太にも分かったようだ。

「ここ？　知尋さん、ここが気持ちいいの？　小さいけどコリコリしてる。前立腺、だっ

け？　ここを弄られると、男が女の子になっちゃう場所だよね」

「うっ、あっ、ああっ、バカあっ！　押すなっ！　ひっ、ひぃぃっ」

勝手に腰が揺れて陰茎から先走りが溢れる。声はもう抑えようがない。聡太の指は意地悪で、射精が終わってもマッサージをするように弄られた。

「聡太聡太、もっ、なあ、俺の中、ちんこ入れて。中むずむずする……っ」

「俺はもう少し、知尋さんの処女を堪能したい。こんなにエロい穴なのに、処女なんだよ？　熱くてとろとろしてて、凄く可愛い」

「もっ、言うなっ、さっさと入れろよぉっ」

この疼きはもう、繋がらないと収まらない。

知尋は飛沫を上げて聡太にしがみつき、彼の腰に足を絡めた。

「初めてなのに、そんなにエロくなっていいの？　知尋さん。ねえ、知尋。女の子みたいに中に入れてって腰を揺らして可愛い」

知尋と呼び捨てにされながら、ひたすら指で後孔を愛撫される。もっと別のところも触ってほしいのにしてくれなくて、体が勝手に身悶える。

「はっ、んんっ、やだっもうやっ、あっ、あ、ああっ、あああんっ」

こぷと中に湯が入って、腹の中まで桃の香りに包まれていく。もう何本指が入っているのか分からないまま、ひくひくと懸命に腰を揺らして絶頂を求めた。

「ほんと、ヤバイ。なんなの知尋。どうしてこんなに敏感なの？　初めてなのにこんなに感じちゃう子なんていないよ？」

「バカやろっ、言葉責めしてる暇があったらさっさと突っ込めよっ、なあ、早くっ、頼むからっもう気持ちよすぎて死んじゃうっ」

泣き声で哀願して、ようやく聡太がその気になった。

「シャワーで湯を流したら、ベッドに行こうね？」

「ん」

優しく触れるシャワーさえ愛撫と等しい。聡太の指が後孔に挿入されてそっと広げられると、うっすらと桃の香りのする湯が溢れ出てきた。太腿を伝って流れていく湯が恥ずかしくてたまらないはずなのに、体がじくりと疼く。

必死に息を整えていたら柔らかなバスタオルに包まれて抱き上げられた。

そのまま運ばれ、ベッドの上にそっと寝かされる。

「俯せでね。怖かったら俺の名前を呼んで」

「ん」

期待と羞恥でぎこちなく頷いたら、次の瞬間には腰を高く持ちあげられて、後孔にローションを垂らされた。温かなローションが滑り落ちていく感触に、息が漏れた。

「俺、生でしてもいい？　知尋の中に射精したい」

背中を撫でられながら懇願されて、心臓が高鳴る。

「してくれ。聡太の精液、いっぱいよこせ。妊娠するほど、中に出していい」

こういうことはよくないと分かっていても、一目惚れして恋人になった男の精液を腹の中で受け止めたい。たっぷりと奥まで注いでほしい。溢れるほど。滴り落ちるほど。酷く倒錯した気持ちは快感となって、知尋の体を震わせる。

「とも、ひろっ」

聡太の陰茎が気遣うようにゆっくりと挿入される。内臓を押される圧迫感が少し。苦痛はない。はあはあと息を吐いて、シーツを固く握り締める。

「ちゃんと入ってるよ。ああ、いやらしいなこの格好」

小刻みに腰を動かされると時折前立腺をかすめて尻がピクンと浮く。

「は……っ」

聡太が背中で息をつく。ぽたりぽたりと背中に汗が滴るのが分かった。

「全部入ったよ。凄く気持ちいい」

「ん、俺も……やばっ、気持ちいい……っ」

「知尋の処女は俺のもの」

「そうだよ。お前にくれてやった。……だから、もっと、気持ちよくしてくれよ」

「お尻の中で気持ちよくしてあげるね。知尋ならすぐ気持ちよくなれるよ。女の子みたいに大きな声を出してね」

「できるか……あ、あ？　あっ、あ、ああっ！　やっだ！　いきなりっ！」

いきなり左足を持ちあげられ、肩に担がれる。すると体が横に倒れて、松葉崩しに似た体勢になった。

最初は浅くゆるく前立腺を刺激され、もどかしさに泣いてしまうと、今度はいきなり奥まで乱暴に突かれる。その緩急に翻弄されて、知尋の口からは恥ずかしい声が次から次へと溢れた。

「中、いいよね？　気持ちいいよね？　奥でいける？」

「な、に？　やだ、これっ、聡太！　やだ、こわいっ」

陰茎を扱く快感とも、前立腺を突かれる快感とも違う、得体のしれない快感がザワザワと腹の中から湧き上がる。奥を突かれるだけで悲鳴のような高い声が出る。内臓をぐちゃぐちゃにされているような恐怖があるのに、それがどうでもよくなるくらい気持ちよくて、気持ちよすぎて意識が飛ぶ。

「あ、あ、ぁ、あああっ、あーあーあー！」

「気持ちいいね知尋。たがが外れてとろとろになったね。俺も、中に出すよ。知尋の中にいっぱい出すから……っ」

どくどくと脈打って、中に熱いものが注ぎ込まれた。知尋の陰茎もとろとろと精液を溢れさせ、「は、あ」と切ない声が口から零れ落ちる。気持ちよくて気持ちよくて、背後から抱き締められて背中にキスをされる。

「凄くよかった。ほんと、知尋可愛い。大好き。愛してるよ」

ちゅっちゅと背中にキスを繰り返し、時折ぺろりとなめられる。

「あ、ぁ、ん」

知尋はその快感を受け止めきれずに、ふるふると内股を痙攣させてシーツに漏らしてしまった。

綺麗にしてもらった体は新たなバスタオルに包まれて、ソファに移動した。

ベッドは随分と酷い有様だが、聡太は「マットレスは防水だから大丈夫、シーツは洗えばいい」ととても嬉しそうに目を細め、大型の洗濯機にシーツやベッドパットを押しこんで洗濯開始のスイッチを押した。

ああくっそ。とんでもなかった。甘く見てた。俺は天国を見た。いや、正直に言えば、天国に行った。何度も強制的にイカされた。「女の子みたいだ」と耳元に囁かれながら、何度も中でイッた。

とにかく……とてつもなくよかった。めちゃくちゃ興奮した。もう何も知らなかった頃には戻れない。というか、戻りたくない。理想の恋人と、生まれて初めてのセックスを終えたのだ。体が動くなら走り回って踊りたいくらいだ。どこかの神様、ありがとう。俺はもう思い残すことは……いや、まだいっぱいあるな。やっぱ野外っていうのも気になるし、オモチャを使って恥ずかしいこともされてみたい。ちまたには似合わない女装というジャンルもあるらしい。とにかく、試せるものならなんでも試したい。セックスの覚えはじめって、そんなもんだと思う。

「はあ……やべえ……」

あれだけ時間をかけてセックスしたのに、下半身がまだウズウズしている。おそらく少し刺激しただけで陰茎は勃起するだろう。ああそうだ、恋人に見られながらオナニーをするっていうのも興奮しそう。聡太は綺麗だもんな、やばい、想像したら興奮してきた。

ああ俺ってヤツは……と思いながら、知尋はソファの上で少し脚を広げ、バスタオルにくるまれたまま、ゆるゆると陰茎を扱く。

腰からじわりと快感が湧き上がってくるが、射精に到るまでの快感はやってこない。

「んっ、ふ……」

いつ聡太が戻ってくるか分からないのに、扱く手が止められない。

「はっ」

右手だけでなく左手も使って揉み扱く。でも何か足りないなと思って一息ついたら、

「もう終わり？」と背後から声をかけられた。

「知尋さん、あれだけしたのにまだ足りないの？　本当にエロくなっちゃって。俺が一生かけて責任取りますね？　取りあえず今は、俺が見ててあげるから、中途半端に勃ってるちんこを自分で可愛がってあげようか？」

「見てるくらいなら触れよ。あ、俺、シックスナインやってみてぇ」

「それ、もっと色っぽく誘ってくれますか？」

聡太の唇が耳たぶに当たってくすぐったい。ときおり首筋を吸われるのも気持ちいい。

「気持ちよすぎてどうにかなってるときなら、あれこれ言えるかもしれないけど……今はなあ……」

「俺は結構下品系に萌えます」

「育ちと真逆だからか？　確かに、お前の口からヤバイ台詞が出てくると……こう、グッとくる」

「知尋さんは俺の顔が大好きだからね」

「体も好きだぞ」

「セックスのあとに、あからさますぎる」

「その面白い性格も好き」

「とってつけたようで悲しい」

「うるせえな！　おら！　お前のちんこをしゃぶってやっから、お前も俺のちんこをしゃぶれよ！」

やけくそで怒鳴ったら、いきなり耳を甘噛みされた。

「ヤバイ、俺、勃っちゃった。知尋さんに罵倒されるのってゾクゾクする」

「意味分かんねえ……」

「もう一ラウンドいけるよね？」

「い、いける」

洗濯物の乾燥が終わるまで、今度はソファの上で。

「シックスナインが終わったら、騎乗位ね？」

「そこまで体力はねえ」

「知尋さんならできます。頑張ろう」

「バカ」

もぞもぞと聡太の指が動き出すと、知尋の脚はすぐに開いてしまった。恥ずかしい条件反射だと思ったが、恋人限定だからまあいいかと開き直った。

※　※　※

『トモさん、寂しい。死ぬほど寂しいから、一度ぐらい店に顔を出してください！　三週間も休んだら、もう店のことなんか忘れちゃう？　そんなことないですよね？　絶対待ってますから。リスナー一同より』

聡太のマンションで暮らし始めて十日ほど経った日の夕方、こんなメールが届いた。

発信者は日夏だが、添付されていた写真には仲のいいリスナーがひしめき合うように写っていた。端に見える縦ロールは、おそらく支配人だ。

そういえば、ずっと連絡していない。

していたことといったら、掃除と洗濯、買い物に料理、そしてセックスだ。聡太がスーツに着替えて会社に行くのは週に二日ほどなので、それ以外の日中は大抵セックスかそれに近いことをしていた。すっかり爛れた毎日だ。

今も知尋は、ジャンケンに負けて裸エプロンで過ごしている。「寒い」と文句を言ったら「パンツと靴下は穿いていいですよ」と言われたので、身に着けているが、これはこれで微妙に恥ずかしい。

知尋が勝っていたら、聡太にセーラー服を着せられたのに。

「どうしたの？　知尋さん」

「店の後輩たちが寂しいって。一度顔を出しに行こうかと思う」

「え」

「支配人や龍司さんにエロオーラが出っぱなしかどうか確認してもらいたいし」

「え、え」

「ちょうどいいや。今夜、外で食事だったろ？　ついでに『ベルベットリップ』に寄る」

「一緒に行きます！」

「はあ？　一人で行ける」

「だめ！　満員電車の中で痴漢に遭ったらどうするんですか？　知尋さんは可愛いから、

痴漢たちにグチョグチョのドロドロにされちゃいますよ！」

　真顔でそんなことを言われても困るし、第一、痴漢は女子が遭ってしまうものだろう。

　知尋は無言で首を左右に振る。

「痴漢プレイをしたいならそう言えよ。してやるよ。結構楽しいと思う。そして本物の痴漢は俺には目もくれない」

「俺が一緒に行ってもいいってことですね？」

「んー……店には入るな。ビルの下のバーで待ってろ」

「なぜ」

「お前は、店じゃお客様だ。リスナー用の控え室には入れられない」

　聡太はしばらく唸っていたが、それでいいと頷いた。


　満員電車もなければ痴漢もない。聡太の手が意図的に触れてくるだけで、ドラマティックなことは何一つ起きなかった。少しだけ残念だ。

　旨い肉を食べさせるという店で肉とワインを気持ちよく腹に入れて満足した二人は、のんびりと歩きながら「ベルベットリップ」が入っているビルに向かう。

通りには人が少なく、いつもよりビル風が冷たい。

「どうしよう、知尋さん」

「え？　どうした？　何か忘れたか？」

「夜のビル群が綺麗だから、キスしたい」

キラキラと瞳を輝かせるな。いくら俺でも、人通りのあるところでキスはできない。

知尋は首を左右に振って歩き出す。

「待って。冗談です。待って」

慌てて駆けてくる聡太の声が可愛くて笑っていると、追いついた彼にかすめるようにキスをされた。

「これなら恥ずかしくないでしょ？」

「余計恥ずかしい！」

なんだこれ、高校生かよ！　お前も嬉しそうに笑ってんじゃない！

知尋は無言で聡太の背中を叩く。

「痛いですー……、あ、今夜は令次と一緒に飲んでますね。一人だけだと間が持たなくて。成実も一緒だったらよかったんですが、彼はとうとう会議に直に顔を出すとかで、お父様に特訓されてるんです。知尋さんのお陰だと言ってました」

「俺は何もしてねえ。話を聞いただけだ」

「だって！　知尋さんを指名した顧客はみんな成功してるんでしょう？　だからきっと、成実も年寄り連中を相手に上手くやれますよ」

「そうできるといいな」

「できます。俺もね、来週いいことがあるんです。終わったら全部教えますね」

「そうか。楽しみにしてる。……そしたら今度は、令次君の話も聞いてやらないと不公平だな。時間を見て会わせてくれ。今夜でもいいけど」

すると聡太は「友達を気遣ってくれてありがとうございます」と頭を下げた。

「お前の大事な友達なんだろ？　気にすんなっての」

知尋は笑顔でそう言うと、「じゃあ、俺は従業員出入り口から入る」と言って、ビルに入った。


「よ。久しぶり」

営業開始前の控え室に顔を出した知尋は、まず泣きべそをかいた日夏に抱き締められた。シエルに背後からガッシリと抱き締められ、龍司にはよしよしと頭を撫でられる。

「苦しい！　ほら！　旨い菓子を買ってきたから、みんなで食べてくれ！」

順番に抱きつこうとしていたリスナーたちを手で制し、テーブルに菓子を置く。

有名パティシエの高価なプチケーキセットに、みな意識が集中した。

「どうだい？　休暇は」

珍しくスーツ姿の龍司に声をかけられて、知尋は「まあまあです」と肩を竦めた。

「あの、それより俺……、エロい何か出てますか？　まだヤバい？」

声のトーンを落とし、真顔で尋ねる。

龍司はじっと知尋を見つめ、「うん、まだだな」と言った。

「あー……どうしようかなー……もー」

かなりの頻度でセックスしているのに、まだだめとは。

「それでも、この前よりはだいぶ抜けたよ？　でも支配人はまだだめって言うだろうな。個室でお客様と二人きりってのがね、危ないでしょ？　リスナーに何かあったらというか、君に何かあったらオーナーが、ほら」

事情を知っている龍司に、「ですよね」とため息をつく。それでも来たからには支配人に挨拶をしなければ。

「じゃあ俺、ちょっと支配人室に寄ってきます」

「ああ、行っといで」

静かに部屋を出ようとした知尋だが、日夏が「もう帰っちゃうんですかー！」と叫んでしがみついてきたから、引き剥がすのに時間がかかった。


通りすがりに「トモさん！」とボーイたちに声をかけられてそれに笑顔で返し、支配人室の前に行く。ノックをしたら返事を待ってから開けないと、あとがうるさい。

軽く拳を作ってノックしようとした瞬間、

「それは無理です。できません。そちらさまがどれだけの方か存じ上げませんが、当店は最初はどなたもビギナーです！ ええ、ええ。確かに我が儘をおっしゃる方もおりますが、皆様当店を贔屓してくださる素晴らしいお客様ばかりです。休暇を取っているナンバーワンを呼び戻そうとなさる方はおりません」

支配人の大きな声が響いてきた。怒鳴ってはいないし、物腰柔らかだが、一緒に働いていれば分かる「激怒」の口調だ。しかも自分が関わっている。取りあえず申し訳程度にノックして中に入ろう。

「失礼します……」と中に入ってきた知尋を見て、支配人は目を丸くしてこちらを指さした。ちょっとそれはやめてほしい。

デスクの上に散らばっているメモ用紙を拝借して「何が起きましたか？」と書いて尋ねる。すると支配人は縦ロールを揺らして「ご新規が我が儘を言ってる」「宇佐美様と知りあいらしい」「今すぐトモに話を聞いてほしいって」と素晴らしい早さで書いて返事をした。新規は七十分と決まっている。聡太が令次と語らいながら酒を飲んでいればすぐに終わる。

知尋は、宇佐美様には頭が上がらない。彼が後押ししてくれなければ、聡太と出会うことはなかったのだ。少しずつ、返せる借りは返しておこう。

知尋は「そのお客様、引き受けます」と書いて支配人に見せた。彼女は最初首を激しく左右に振ったが、「料金は、我が儘料金としていつもの三倍吹っかけてください」とのメモを読んだ途端、笑顔で頷いた。

「はい。はい、ごもっともでございます。はい、当店のナンバーワンリスナーを、特別に、ご用意させていただきます。はい。ありがとうございます。では、十五分後にお待ちしております。ごめんくださいませ」

文配人は笑顔で電話をそっと切り、「あのやろう！」と拳でデスクを叩く。まるでゴリラのドラミングだ。凄い。

「ほんと！　なんて凄いタイミングで戻って来たのトモ！　なんなの？　あなたは天使なの？」

文配人は両手を合わせて「ハレルヤー」と声を張り上げた。

「リスナーたちからメールをもらったので、まあ、ちょっと顔を出してみようかなと」

「ありがとうね。でもまだ、エロオーラ出てるわ」

「それは龍司さんにも言われました。それでも、前よりは随分減ったと」

「……そうね、今夜のご新規さんなら大丈夫ね。なんとうら若き女性なのよ。美人かどうかは分からないけど！　トモはゲイだから間違いが起きるはずないものね」

「はい、女子に勃たないですから」

「はいはい、あけすけあけすけ」

「すみません」

「ところで……休暇は楽しんでる？　その、宮瀬の末っ子君と仲良くやってるかしら？　いろいろと」

「ああ、はい。そうだ、俺もう処女じゃないです。相手の部屋で、まあなんだ、時間をかけてしてもらいましたよ。ははは」

照れくさくてつい抑揚のない喋りになる。それは支配人も同じようで「そりゃあよかった」と機械のように「ハハハ」と笑った。

「……だとしたら、もっとガツガツとエッチしてみたら？　もう少しエロオーラが減らないと、ヘタすると密室で犯されちゃうわよ？　トモちゃん」

「もしものときは反撃しますが……お客様が減るのは本意ではないので、恋人に頑張ってもらいます」

「あんな、目を見張るほどの美形のストレートが、トモに落ちるなんてねえ。世の中捨てたもんじゃないわね」

「はい。しかも逃げたら殺す勢いで愛されてます」

「いいわあ、そういう情熱的なの。私にもそういう相手が現れないかしら……」

「それはともかく、俺が相手をするお客様のプロフィールを教えてください」

支配人は返事をないがしろにされて一瞬気分を害したが、すぐに笑顔で「この方よ」とメモした紙を差し出した。知尋の目が驚きでまん丸になる。

新規お客様の名前は「宮瀬結奈　二十三歳」。宮瀬グループ会長の孫娘の一人で、現在は花嫁修行中とのこと。

マジか……！

奇しくも知尋は、「恋敵」と対峙することになった。


『絶対にだめです。本当にやめて。知尋さんに何かあったら俺は死ぬから』

向こうはこっちを知らないのだから問題ないと言っても、一向に引かない。万が一のために聡太に電話したのは失敗だったようだ。

「あのな……」

『お電話替わりました、令次です』

「おお。聡太はどうした？」

『周りのお客さんに取り押さえてもらってます。あの、こっちの方は大丈夫です。一番危ないのは、知尋さんたちの関係を彼女に知られることなので、聡太が動いたらすべてが台無しなんですよね』

よかった。話の分かる子がいて本当によかった。

「ああ。遅くても七十分はかからないと思う。俺的には三十分で終わらせたい。だから、外に出ずにそのバーで飲んでいてくれ」

『了解です！　僕に任せてください』

「すまないな。今度は、君の話をゆっくり聞かせてくれ。特別サービスだ」

『ほんと……聡太がメロメロになるわけですよ。そんな優しい言い方されたら、僕はもう頑張るしかないじゃないですか』

令次は小さく笑って通話を切った。

メロメロか。俺の方がメロメロなんだけどな。一目惚れした最高の相手と恋人同士になれて嬉しい。なんでもしてやりたいんだよな。ほんと。危ない目にも遭わせたくない。

知尋は携帯端末をロッカーの中に入れて鍵をかける。

「さて、どれだけむかつくお客様か見てやろうじゃないか」

スーツを着てきてよかった。この格好なら問題ない。時計はいつものではなく聡太にプレゼントされた海外製で、やはり一財産になる。聡太はそんなこと関係なく、「知尋さんに似合うから」でポンと買い求めた。そのとき、今度は節約を教えてやろうと決めた。

予約時間に平気で十分遅れた。

これだけでペナルティだ。支配人が電卓片手に割増料金を計算していることだろう。しかも遅れてきたのに謝罪の一つもない。そして飲み物に「こんなの飲めない」と文句を言い、結局は「ダイエット中だから」とミネラルウォーターになった。

どうしてくれよう、この女子は。

従妹というだけあって、聡太と顔のパーツが似ている。さぞちやほやされて育ってきたのだろうが、聡太の方が千倍も綺麗だし可愛い。

一目で高級ブランドのものだと分かるバッグに時計にヒール、そしてワンピース。

さすがは若いだけある。知尋のお客様は「知る人ぞ知る」系の高級品を身に着ける方々ばかりなので、ここまで素直なコーディネートは久しぶりだ。微笑ましくも感じる。

「ふうん。やたらと格式張ってるからどれほどのものかと思えば……まあまあかなあ。それでねえ、私、噂を聞いたのよ。あなたの噂」

いきなりゼロ距離で迫ってこられて、眉間に皺が寄る。やめろ、俺はゲイだ。寄るな近い。お前にパーソナルスペースはないのか。

「な、何……」

「あなたの顧客になれば、その後の事業が成功するんですって？　それって、恋愛もそうなんじゃないかしら？」

「さ、さあ……。そこまでは。ただ、運が上向きになるという広い意味でしたら、恋愛運もその中に入るんではないでしょうか」

「やっぱりそうよね。分かったわ。私、あなたを買います」

はい？

聞き直したいのに聞きたくない。それほどの衝撃を受けた。

「そこそこ見栄えがいいでしょう？　黒髪なのもポイントが高いわ。その目も黒猫っぽくて素敵。それに私より身長が高い。物腰は柔らかいし、執事にぴったりよ」

「あ、あの……結奈様」

「毎日私の話を聞いてもらえば、私の運気はうなぎ登りってことじゃない？　この年でバツイチが付いてしまったのは何かの間違いなの。だからこれからは素晴らしい日々が待っているはずよ。真実の愛に生きるの」

そう言って結奈は水を一口飲んだ。

「へーえ……」

「え？　何その口調？　随分馴れ馴れしいんだけど？」

思いきり引いた結奈を前に、知尋はニヤリと笑い「これが俺の本来のスタイルだ」と説明する。

「……その口調では執事は無理ね。最悪。うちのペットシッターなんてどう？」

「悪いが、俺はこの仕事が気に入っているから、ヘッドハントされるつもりはない」

「あら、私に逆らうの？」

「逆らったんじゃない。断っただけだ」

「同じよ。あなたを連れて行かなければ、私の運気は上がらないわ」

「ここに通えばいいだろう？　どのお客様もみなそうだ」

「時間がないのよ。早く聡太と婚約しないと、どこの馬の骨とも知れない女に取られちゃうわ。彼のことは私が一番よく知っているの。私でなきゃ彼の妻にはなれないのよ」

「はあ」

「だから、あなたが必要なの。聡太の彼女に勝つための運気というものが。そういう迷信じみたことが大事だって、あなたにも分かるでしょう？」

「まあそれなりに。けどなあ……相手の気持ちを無視しても上手く行かないと思うが」

すると結奈は顔を真っ赤にして「酷いわ」と掠れた声を出した。

「その、聡太という人はあなたのことをどう思ってるんだ？」

「夜遅く泊めてって押しかけたら、すんなり泊めてくれたわ。でも慎重派なのかしらね、同じベッドで寝てくれなかったの。私、彼のそういうところも好き。朝一で追い出されちゃったけど、あれは朝日で私の顔が輝きすぎて照れちゃったのね。昔から照れ屋さんなの」

ある意味、とても前向きだ。尊敬に値する部分もある。だが聡太の恋人はこの俺だ。横から人の入る隙間はまったくない。

「彼に彼女ができたのが悔しくて。彼はふわふわした性格で人に騙されやすいから、きっと言いくるめられたのよ。聡太はほんと、天使みたいに綺麗なの」

それは認める。あいつは天使だ。そして変態天使でもある。それに、騙されそうな外見だが、実際に騙されてはいない。意外と頑固で、自分の意見を押しつけるところがある。でも可愛いんだよ。可愛くて、それで綺麗で。出会う前から俺のことを思っててくれた。外見だけで好きになられたら、あいつが可哀相だ。

「相手の女は絶対に財産目当てよ。腹がたつわ。だから私が傍にいて聡太を助けてあげないと」

結奈はふうとため息をついて、自分の胸に手を当て、背筋を伸ばした。

「バツイチの理由は？」

「聞いてどうするの？」

「いや、俺の単なる好奇心。外に漏らすことはない。聞くだけが俺の仕事だ」

「そ、そうね……そんなに知りたいなら聞かせてあげてもいいわ」

「教えてくれ」

　すると結奈は、さも驚けというように「夫が男と浮気をしたの」と一気に言った。

　ここに後輩リスナーたちが揃っていたら、一斉に「わーお」と楽しい声を出してくれただろう。彼らはちょっと変わったスキャンダルが大好きだ。

「なるほど。そりゃあ……大変だ」

「でしょ？　相手は十五歳年上だったけれど背が高くて素敵で、私をお姫様のように扱ってくれたの。ゴージャスな生活だったわ。なのに、学生の頃から付き合っている男がいたのよ。しかもその相手は、私のピアノの教師だった。もうね、一体どんなピアノレッスンをしたっていうのよ。僕のフォルテシモが君のピアニッシモにとか、なんなのよそれは！　きっとピアノの鍵盤を弾く代わりに僕の体を弾いてとかね！　最悪。即座に離婚したわ。たんまりと慰謝料をもらった代わりに、私は貝のように口を閉ざしたの。自分の夫が実はゲイだったなんて恥ずかしいことこの上ないわ。一週間熱を出して寝込んだのよ」

　彼女を気の毒に思うよりも彼女の言い回しがおかしくてたまらず、笑わないよう口の中をそっと噛む。その微妙な表情がよかったのか、結奈は急にしおらしくなる。

「ねえ？　私って自分で言うのもなんだけど、美人じゃない？　そして聡太は美形なの。輝いているの。だから私たちが結婚すれば最高だと思うのよ。綺麗な聡太は私の傍にいてくれるだけでいいの」

トロフィーワイフならぬ、トロフィーハズバンドがほしいのか。おい聡太。お前けっこうバカにされてるぞ。

「でも、聡太さんには彼女がいる」

「別れさせるわ」

「無理だろ。愛し合ってるなら」

「だから、そのためにあなたをうちで雇うって言ってるのよ。私の運気を上げて。ね？もしかして……いろいろした方がいいのかしら？　ねえ、どう思う？」

あー……俺の前で腕組みするな。胸を強調するな。女の胸どころか女自体に興味がないんだ俺は。

頭の中で聡太の大胸筋を思い出しながら冷静になる。よしいい感じだ。

「何やってるんだ？」

「あー……えっと、ちょっと部屋が熱くない？　頭がボンヤリしちゃって……」

結奈はいきなり立ち上がり、知尋が腰を下ろしているソファに倒れ込んでくる。が、素晴らしい反射神経でサクッと避けた。

「ちょっと！　目眩がしたから倒れたのに！」

リスナーの椅子にダイブした結奈は顔を赤くして喚く。

「それだけ元気なら問題ないだろ」

「なんなのよ。ここは風俗なんでしょ？　私があなたに触っちゃいけないっていうの？」

「俺はお触り禁止のリスナーだからな。例外はない」

「さ、触らせなさいよ！　おじいさまに言いつけるわよ！　そうしたらこんな店なんか、すぐに潰れるわ！」

「……あなたの言う宮瀬聡太には、本当に彼女がいるのか？　あなたは何か見間違いしたんじゃないか？」

よろめきながら自分のソファに戻る結奈に、そっと問いかける。彼女は僅かに眉を顰めて、「だって、夜中に親しげに電話をかけてくる子がいたのよ？　あれが恋人でなくて誰なのよ。聡太はいつもフリーで、電話番号を女子に教える子じゃなかったの！」と忌々しげに言った。

それは俺です。にしても、性別も分からなかったんだろうか。声はそこまで高くない。

「寝起きの低い声で聡太を呼ぶなんて、最悪。ほんとバカみたいな声だったし」

「バカで悪かったなおい。寝起きじゃねえよ」

思わず口から出てしまった爆弾ワード。慌てて口に手を当てるが間に合わない。目の前のお客様は、目が零れ落ちてしまうくらい見開いてこっちを見ている。

「なに、それ……」

「ええと」

「どういうこと？　もしかしてあの電話はあなたなの？　男じゃない！　聡太にいるのは彼女よ？」

結奈は両手で頬を押さえて「いやそんな、まさか」と恐ろしい顔で呟いている。

「あなたを悩ませるのも悪いので、本当のことを言う。聡太の恋人は俺だ」

「は？」

「聡太の恋人は俺だ。あまりあいつを悩ませるな」

「だって……あなた、男……」

「ああ。俺はゲイだ」

「待って。待って待って。聡太はあなたに毎晩のように犯されているというの？　なにそれ？　どんな世界の扉が開くのよ！　聡太の美しさが裏目に出たのね。可哀相に聡太。私が慰めてあげなくちゃ！　最悪よ、犯罪者！」

結奈が目に涙を浮かべて震えながら、携帯端末をバッグから取り出した。警察にでも電話をするんだろうか。困ったな、確かに何をやりだすか想像がつかない。さてどうする。

「あのな、逆だから！」

「何がよ！」

「あいつが俺のことを抱いてる。俺がいつも突っ込まれてんの。分かるか？　俺が女役」

一瞬の沈黙のあと、結奈が緩慢に首を左右に振った。

「いやあああああ！　そっちの方がもっといやあああああ！」

うわ傷ついた。勝手に想像したのは自分の癖に、なんで俺を睨みながら怒るんだよ。

知尋が下唇を噛んで怒りに体を震わせる前で、結奈はだだっ子のように泣き喚く。

「もう私帰るううううっ！　信じられない！　聡太のバカあああああ！　男なんて最低いいいいいい！」

彼女はいきなり大声で泣き出したかと思ったら、次の瞬間その場に倒れた。

倒れた結奈は救急車で搬送された。支配人が付き添ってくれたので、アフターケアはばっちりだろう。

問題は自分の方だ。

オーナーの和人に問い詰められた知尋は、「実はあのお客様は」とすべてを語る羽目になり、大目玉を食らった。

「お前は本当に……私に心配かけないでくれ」

「申し訳ない」

「聡太君もね？　知尋は私の大事な従弟なんだ。今回は大事に到らなかったが、いつまた何が起きるか分からない。ちゃんと守ってやってくれ」

「はい、申し訳ありません」

「相庭《あいば》建設の令次さんには、本当にご迷惑をおかけしました」

「いえいいえ。僕は暴れる聡太君を静かにさせていただけですから」

そこで和人は深く長いため息をつく。

「今日はもう帰りなさい。下に車を用意しておく」

「うん。兄さん、ほんと、心配かけた。ごめん」

「分かったから、今度一緒にお風呂に入って同じ布団で寝ようね？」

またこの人は悪い冗談を……と思っていると、背後で聡太が恐ろしい顔をしているのが気配で分かった。

「冗談だよ。まったくちょっとした冗談も通じないか？　余裕を持ちなさい。若い恋人は大変だな、知尋」

「和人兄さんはタチが悪い」

「はいはい。それじゃあね」

「おやすみなさい」

知尋は、拗ねている聡太の手を握り締めて、楽しそうに笑っている令次とともにオーナー室から出た。

「あの人……本当に知尋さんの従兄？」

「ああ。正真正銘、血の繋がった従兄だ。俺がな、ゲイだってバレて家を放り出されたとき、俺を拾ってくれた。だから俺の恩人でもある」

「……そうですか」

「拗ねるなよ。あの人は人をからかうのが好きなだけだ」

「……はい」

聡太はしょんぼりと俯きながら、知尋の手を握り返す。

「僕は今夜は帰りますが、お二人は？」

「俺たちも帰るよ。そして寝る。今日は気が張って疲れた。令次君、気を付けてな」

「はい。ありがとうございます。ではまた」

ビルの前には二台のハイヤーが止まっていて、その一台に令次が乗った。残りのハイヤーには、知尋が聡太と一緒に乗り込む。

車が動き出した途端に、聡太が小さなあくびをして肩に寄りかかってきた。ほんと可愛い。こんなふうに甘えてくるくせに、ベッドの中じゃ全然違うんだもんな……と、結奈が悲鳴を上げた一件を思い出して、小さく笑う。

「トモさん……」

「おう、寝とけ。多分な、これから先は煩わしいことはなくなると思うぞ」

「ん」

よしよしと頭を撫でてやると、グリグリと肩に額を押しつけて甘えてくる。可愛い。運転手がチラチラとバックミラーで後ろを気にしていなければ、このまま抱き締めてキスしてやるのに。

それでも、せめて手だけはずっと握り締めていた。

広々としたリビングでストレッチをする。

自堕落な生活は嫌いではないが、慣れたくはない。体が温まったらラジオ体操をきっちり完璧にこなし、それが済んだら外に走りに行く。朝食はそのあとだ。

隣では聡太も、黙々とストレッチをしている。

結局知尋は、聡太に縋り付かれ泣き喚かれて、アパートを引き払って彼のマンションに移った。今は楽しく同棲生活を送っている。

「体が少し硬くなってるな」

「夜の運動はしっかりやってるのにね？」

「お前な、俺はそういうギャップには萌えないぞ」

「オヤジ臭すぎた？　気を付けるから、キスしてよ」

「ばーか」

緩い蹴りを入れると、聡太はわざと痛がって床に転がる。重症だから起き上がれないと甘えてくるのが、ほんと、何度も言うが可愛くて仕方がない。

※　※　※

宮瀬結奈の騒動は、なんと随分いい方向に向かった。彼女は聡太に対してすっかり恋心をなくしたのだ。「二度と顔を見たくない」と笑顔で言い切るほど。

知尋は罪悪感にほんの少しだけ心が痛んだが、聡太が「これでスッキリ！」と喜んでいたので、気にしないことにした。何はなくとも聡太が一番だ。

成実は今、本格的に跡継ぎとしての行動を始めた。少々遅咲きだが、系列傘下の食品会社に入社して毎日が楽しいらしい。

令次は地震建築について学び直し、将来は災害に強い建築物を建てたいという夢を持った。

友人たちは互いに心から喜んで、「もうみんな大丈夫だね」と笑い合った。

「ねえ、宇佐美のおじいさま。俺たちね、トモさんに話を聞いてもらって、バカだなって叱ってもらって、それで道が見えてきたんだ」

「最初はハラハラしていたけれど、出会ってよかったたな」

「はい。それと、トモさんは俺のものですからね？　勝手にデートに誘わないでください」

「若い者は心が狭い」

「トモさんが、それでいいって言ってくれたから」

聡太は頬を染めて「俺の大事な恋人です」と言った。

「お前たちのことは、まあ、問題ないだろうよ。トモのファンは多いけど、お前も心配しないで幸せになりなさい。だが、トモを泣かせたらそのときは大変だぞ？」

老人は鋭い視線を聡太に向ける。

「はい。俺はあの人を幸せにします。だって、二度も恋した人だから」

※　※　※

マンションから近所の公園までのジョギングルートを二周して、最終的に競走になった。僅差で勝ったのは聡太で腹が立つ。

「ねえ知尋さん」

「なんだ」

息が荒くて、返事をするのが精一杯だ。中年太りにならないよう、これは本格的に考えなければならない。

「今度ね、うちの母親が知尋さんに会いたいって」

「俺に会ってどうするんだ？　殴るのか？　だったら顔は勘弁してほしい。お客様に心配される。できれば肩パンか腹に一発って感じで……」

「知尋さん！」

「悪い。冗談だ。俺のことを親に言ったのか」

「母親と、姉さんたちだけに。同棲が決まったときに報告したんです」

そういえばこいつの家は兄弟が多かったな。しかも言ったのが母親と姉たちかよ。俺、つるし上げ食らうのかな？　「可愛い末っ子に手を出して」とか言われるかもしれないから、それは覚悟しておこう。

流れ落ちる汗を手の甲で拭い、マンションのエントランスに向かう。

「知尋さん、よくないこと考えてるでしょ？」

「そりゃあそうだろ。……ところで、お前って父親似？　それとも母親似？」

目が合ったコンシェルジュに「おはようございます」と一礼してから、聞いてみる。母親似のような気もするが、息子は大人になると父親に似てくる者が多い。

「姉たちと俺は母親似です」

「そっか。じゃあ叩かれても我慢できるわ、俺」

「なんで叩くの？」

「だってほら、俺は大事な末息子を男に走らせた元凶ですし」

ぷっと、聡太の頬が膨らんだ。お前やめろその顔、普通の二十四歳がやったら、ただのキモい顔なんだぞ？　お前だからこそ許される顔だって気付け。それだって見てて痛い。そしてやめろ。笑顔を見せろよバカ。

「顔」と言って肩を叩くと、聡太は頬を摩りながら顔を元に戻す。

「最初は驚きましたけどね、俺が末っ子でよかったです。だーれも気になんてしません。好きにしていいのよ。ただお母さん、お相手の方にお目にかかりたいわって……。そしたら姉たちも便乗です。でも絶対に知尋さんを傷つけさせたりしませんから」

なかなか格好良い言葉のあとに、チーンと間の抜けたエレベーターの開閉音が響く。仲良くエレベーターに乗って最上階に向かう。金持ちはどうして高い場所に住みたがるんだろう。

知尋はそんなことを思いながら、短い前髪を指できゅっと上げる。

「可愛いおでこ」

汗ばんだ額にキスをされた。そろそろ慣れなければと思っても、これがまた慣れない。

「監視カメラに写ってる」

「大丈夫。俺たちもっと凄いもの撮ってるから」

「うるさい」

「そのうち、二人で上映会しようね？」

「あー……そのうちな。ああそうだ、そのうちって、お前の母親に会う日付をちゃんと決めてくれ」

「明日とか？」

「はあ？」

エレベーターのドアが開いて、乗るのを待っていた隣の部屋の外国人夫婦と挨拶を交わす。

「明日って、おい」

「早いほうがいいと思って」

「……………そうか、じゃあ来週にしろ。土曜か日曜な？　仕事が休みの日の方が落ち着ける。会食の店は決めておけよ？」

「あの」

ドアにピッとカードキーを差し込みながら、「知尋さんのご飯がいいってリクエストがあって」と言う聡太に、別の意味で目頭が熱くなった。そんな適当な料理を食べさせるわけにいかないのに、このおバカさんは。

「どうなっても知らないからな」

「俺がいつも美味しく食べてるから大丈夫。ちなみにケーキを焼いてきてくれるそうです。身内のことでアレですが、うちの母親の作るケーキは最高です。あ、マザコンじゃないですよ、俺。客観的に見て旨いってことですからね？」

「分かってる。よし、あとでメニューを決めよう」

わざわざ手作りケーキを持ってきてくれるなら、こちらも頑張らねばなるまい。背伸びはせずにいつも通りのものを出そう。まずは聡太が笑顔で完食してくれるものを。


「ベルベットリップ」は今日も元気に営業している。

そして巨美人支配人の縦ロールも完璧だ。

「はい、みなさんおはようございます！」

この業界はいつでもおはようございますだ。もうすっかり慣れた。ネクタイを結ぶのと同じくらい、半分寝ぼけていても完璧だ。

「ええと！　今日はまたというか、申し訳ないというか……トモちゃん。ナンバーワンを熱烈指名の新規のお客様がいてね、どうもその方も宇佐美様から紹介されたらしいの」

　リスナーたちが「またですか」とざわめく。

「構いませんが、名字が宮瀬だったら拒否していいですか？」

　自分が世話して可愛がりたいのは、宮瀬は宮瀬でも宮瀬聡太ただ一人だ。

「それがね……宮瀬浩《こう》太《た》郎《ろう》様。ええと……手っ取り早く言ってしまうと、トモちゃんの彼氏のパパです」

　なんてこったー。これを聡太に知られたら、きっと拗ねるどころの騒ぎじゃなくなる。口聞いてくれなくなりそう。どうすっかな。黙っててもどこからか漏れそうな気がするし。痴漢ごっことオモチャ使用で許してくれそうなら、黙ってよう。それがいい。

　これもある意味「親子丼」かと頬を引きつらせたが、自分の仕事は話を聞くだけだ。肉体的な関係は一切ない。

「トモちゃんお願いしていい？」

「今度は何倍の料金を取ったんですか？」

「内緒。でもよかった！　宮瀬関係はトモちゃんにお願いできたら凄く嬉しいわ」

「俺が面倒を見るのはその中でも一人だけです」

腰に手を当てて、改めて宣言してみたが、周りからは「ノロケだ」「トモさんのノロケ」とからかいの声しか聞こえてこない。悪かったなノロケだよ。一目惚れして手に入れた、初めての男なんだ。少しぐらいは自慢をさせてくれ。

「はい、では改めて、今夜もよろしくお願いします」

支配人の声に、リスナーたちは表情を引き締めて背筋を伸ばして仕事に向かった。

おしまい

愛の家庭訪問

作るのは根菜と鶏肉の煮物。茶碗蒸しに、ナスの煮浸し。セロリとキュウリの漬け物。本当はいなり寿司を作りたかったが、相手が女性ばかりだと思い出し、ラップで包んで作れる手まり寿司風の一口おにぎりにした。具はエビや錦糸卵、牛肉のそぼろ。汁物は何がいいと聞いてみたら、「俺、知尋さんの作るワカメとタマネギの味噌汁が好きです」と言われた。味噌汁かよ。まあいい。どれもこれも、聡太が今まで食べて旨いと言ったものたちだ。このラインナップでいこう。

妙なアレンジをせず、レシピ通りに作れば問題ない。いつもと同じ味になる。

「作るのは男だからな。飾り付けは気にしないでもらおう」

「そう言いつつも、大皿とか用意しましたよね？　昨日宅配便で送られてきた皿は伊万里でしょ？　いい値段しますよ、あれ」

「さすがは聡太。よく分かったな。お客様から借りた」

「うわあ……絶対に傷つけられないじゃないですか。俺に言ってくれたら実家から備前焼の深皿を借りてくるのに！　あれ、手にしっくりくるのが好きなんです」

「煮物は色が地味だから、伊万里焼の器の方が似合うんだよ」

「へえ」

「まだ用事は終わってねえぞ。あとで小皿や箸を買いに行かないと」

ダイニングキッチンの食器棚の中には、なんでもかんでも二枚ずつしかない。この間も、成実と令次が遊びに来たとき皿が足りなくて大変な目に遭った。今回は、きっちり揃えたい。なんてったって聡太の母親と姉たちがやって来るのだ。

「食器を買うなら、車を出しましょうか」

「それはありがたいが国産車にしてくれよ？　外国車だと目立って恥ずかしい」

「恥ずかしがり屋さんですね、了解」

「それと、テーブルはソファセットのローテーブルでいいか。床にラグとクッションを置けば、座るのも楽だし。他に何か買うものは……」

「は！」

聡太が真顔で口に手を当てたので、何かとんでもないものを忘れたのかと冷や汗が垂れる。勘弁してくれ。

「コンドームがもうないです。俺のサイズの一番薄いヤツ！」

「バカ。身内の家庭訪問にそれが必要か？」

「俺と知尋さんには絶対に大事なものです」

「そりゃお前のためのものだ。尻に突っ込むんだからセーフセックスな？　けど別に俺は、生でされてもいいから。緊急事態のときは生でいいぞ」

目の前でいきなり聡太が蹲った。よく見ると股間と鼻を押さえている。

「え？　具合が悪いのか？　聡太！」

「も、もう……俺を萌え殺さないで……知尋さん……。生が好きだなんて……っ」

「嫌だったか？　悪いな」

「いいに決まってんでしょ！　俺以外の男に絶対にそんなこと言っちゃだめですよ！」

涙目で見上げる聡太はいつも通り安定の可愛さだ。まったくバカだな。俺がお前以外の男に靡《なび》くわけがない。

「当たり前だ。……で、他に買うものはないよな？」

まだ蹲っている聡太を放って、メモ帳に書き連ねた買い物リストをチェックする。明日はこれを片手に買い物に行く。

「俺、明日は午前中に出資相談のことで会社に行かなくちゃならないので……午後一でいいですか？」

「おう。仕事の方が大事だ。頑張れ」

「ほんと……海外に赴任することになったら、一緒に行ってくださいね？」

ずっしりと、背中に愛しい男の重さと温かみを感じる。背中から抱き締められるのは、守られているような気がして好きだ。聡太は長身で手足も長いので、知尋をすっぽりと包み込んでくれるのが嬉しい。

「いいぜ。お前の頼みならどこまでも行ってやる」

「んー……大好き知尋さん！」


ソファセットのテーブルの上に、出来たての料理が並ぶ。

到着時間まであと十分というところですべての準備が終了した。

「俺たち頑張りました！　というか、知尋さん凄いね！」

「そんな大したものは作ってない。むしろこれでいいのかという不安の方が大きいぞ？　フレンチとかイタリアンとか、高級中華とか、お前んちの食卓はそういうイメージだ」

「俺、トルコ料理とか好きです。豆やナスを使った料理が多いので」

「知ってる。こないだ焼きナスのペーストを作ったら一人で殆ど食べたもんな。豆を煮れば常備菜だってのに二日も持たないし」

「だって知尋さんの味付けが大好きだから。俺は本当に料理上手の嫁をもらって幸せです」

恋人じゃなくて嫁かよ！　俺が嫁かよ！　いいじゃないか。嫁か……素晴らしい響きだ。

思わず緩んでしまう口元を押さえて、知尋は聡太の肩に頭を擦りつけて甘えてやる。

「つまり、その、お前が旦那様か」

「もっと言って」

「俺の旦那様」

「…………あと五分ぐらいしかないけど、出すだけならどうにか」

力任せに抱き締められて、言葉の意味を理解する。このおバカちゃんはここでいたす気だ。

「ふざけんなよ」

「知尋さーん」

「我慢しろ。あとで特別サービスしてやるから」

途端に聡太の腕が解けた。上機嫌の笑顔を見ると「最高に眩しくて可愛い」とこっちまでドキドキする。

「あとでいっぱいさせてね？」

「おう」

大体特別サービスは、「聡太がしたいことアレコレ」なので、これをするというのは決まっていない。仕事のある平日はいつもよりちょっとエロいことをして、週末になると「こいつの性癖は一体なんだ」とたまに素に戻るような面白いことをされる。それでも、相手は絶対に離すもんかと決めた男なので、まあ、気にしないようにしている。

「ねえ、ちゅうしましょう、ちゅう」

むちゅと触れるだけのキスをしてやると、満足そうに笑う。ほんと、この男は綺麗なくせに可愛くて、知尋が突然死したら病名は「萌え死」だ。

コンシェルジュの来客を知らせる電話がきた。聡太が「迎えに行きましょう」と言ったのでうなずく。

「緊張しなくて大丈夫ですからね。俺がついてます」

「俺の仕事はディープな接客だ。任せろ」

二人はニヤリと笑って玄関に向かうが、可愛いエプロンを付けっぱなしだということをすっかり忘れていた。

「聡太から相談されたときは驚いたけど、これならママは安心だわ」

「今時の男性は料理ができなくちゃね。ほんと、この煮物美味しい！」

「聡太とは真逆なタイプだから合うのかしら？　勿体ないわ、こんな格好良い子がゲイなんて」

「そういえば、パパと兄貴たちが何か探ってたからそのうちバレるかもよ？　聡太」

美しい三人の姉に圧倒される。それに母親がプラスされると、部屋の中がミラーボールでいっぱいだ。キラキラしている。計ったら何ルクスあるんだろう。サングラスかけたい。

知尋は彼女たちのグラスにワインを注ぎながら、そんなことを思った。脱ぎ忘れたエプロンは「可愛いからそのままでいて」とリクエストされて羞恥プレイ続行中だ。

最初から随分とフレンドリーで、どんな罵倒も甘んじて受け止めると気負っていた知尋は肩すかしにあう。

「私たち、知尋さんのことをトモちゃんって呼んでいいかしら？」と声を揃えて言われ、笑顔で「どうぞ」と答えた。

こんな緩い対応でいいんだろうかと頭の中を疑問符でいっぱいにしつつも、聡太が姉たちに構われがちなので、ホスト役はしっかり務める。

使った皿はすぐに取り替え、飲み物はワインの他にも冷えたミネラルウォーターを用意した。

料理の味が口に合ったようで、幸いにして大皿に盛った料理も残りが少ない。

「あのね、トモちゃん、一つだけ聞いてもいいかしら……」

姉一に笑顔で話しかけられる。ああこの顔は悪いことを企んでいる顔だ。聡太もたまにこういう顔を見せる。

「なんでしょう」

「ほんと、下世話だし……ちょっと下品かもしれないんだけど！　女子の好奇心は抑えきれないの！　ごめんなさい。あなたたちのどっちがお嫁さんなのかしら？」

姉二が「女子って年じゃないでしょう」と突っ込む傍ら、姉三が「思っても聞いちゃいけないことをずけずけと！」と言って好奇心に瞳を輝かせた。

そこに聡太母が「あらそれ、私も気になっていたの」と上品に微笑むものだから、知尋の顔が柄にもなく赤くなった。

「ええと……」

ここで事実を喋ってもいいのか。

下手をすると宮瀬結奈のように「いやあああ！」と叫ばれないだろうか……と躊躇っていると、聡太が口を開いた。

「知尋さんは俺の可愛い嫁なの！　そして俺は旦那様！　あんまりこの人を困らせんなよ、姉さんたち！」

嫁を守る俺って格好良いオーラを出しながら、聡太が知尋に抱きつく。

すると女性陣は「ああやっぱり」と薄笑いを浮かべた。誰も悲鳴は上げない。それだけで知尋はほっとした。ほっとしたけど恥ずかしい。

「そもそも聡太は、綺麗なのは顔だけで、扱いづらくて頑固だもんね」

「姉さん女房じゃないと相手は務まらないと思ったもの。妥当なところに落ち着いたんじゃない？」

「生意気な嫁だったらどうしようかと思ったけど、トモちゃんなら大歓迎よ。だってほら、私たち小姑だから！」

女が三人集まると姦《かしま》しいとはよく言ったもので、まるでカナリヤの大合唱だ。

「その……俺が聡太さんと付き合っていても、反対はまったくないんですか？　大事な息子を取られたとか……そういうのは」

つい気になって聡太母に聞いてみる。

すると彼女は聡太そっくりの笑顔で「ないわ」と言った。

「聡太は聡太の好きにしていいの。これが長男ちゃんだったらドラマティックな展開になっていたと思うけど……それでもきっと『お前の好きな人と添い遂げなさい』って言うでしょうね。大体、愛し合ってる二人を引き離して幸せになれるはずがないじゃない？　それなら、むしろそっちの道を生かした商品を開発するとか、催し物をしたほうが、金銭が流通すると思うのよ。ただ、世間に向けてカミングアウトは難しいと思うから、そこは堪えてね？　知尋さん」

「それは、当然だと思っています」

「だったらなんの問題もないわ」

目の前に、ゲイの道を突き進むことになった息子と元凶がいるというのに、笑顔で「問題ない」と言える彼女は凄い。敵わない。知尋は思わず頭を垂れた。

「ね？　大丈夫だったでしょう？　知尋さんが心配するようなことは一つもない。俺はあなたを一生大事にします。幸せにしますから、あなたは俺と幸せになることだけを考えて生きてください」

バカ野郎。母親と姉が見ている前でそういうことを真顔で言うな。もの凄く期待した顔で俺のことを見てるぞ！

ついでに言うと、聡太も期待に満ち溢れた顔をしている。

「分かった」

長文を期待していたら申し訳ないが、もともとこういう性分なんだ。否定しなけりゃ全肯定だから。

すると姉三が「ぶっふ」と噴き出し、肩を震わせて笑い出した。それに釣られるように残りの姉たちが笑い出す。

「まあ、お似合いの二人なんじゃない？」

聡太母は慈愛の微笑みを浮かべた。

「緊急事態のときは、ここに連絡して。絶対よ？」

聡太母と姉三人に迫られて、緊急連絡先の交換をした。彼女たちから「宮瀬家の嫁」と呼ばれるのは気恥ずかしいし慣れないが、嫁と呼ばれるのは嫌じゃない。

「今度はうちに遊びに来てね」と言われて若干引いてしまったが、彼女たちのことだからきっとお膳立ては整えてくれるだろう。

話に花が咲いて、食べることをすっかり忘れていたケーキを見つめながらそう思った。ああどうしよう、どこから切っていいのか分からない。旨そうだ。

洋なしとマスカットで飾られたケーキは、聡太母の手作りで、食べるのがもったいない。

「写真に撮りましょう」

聡太がいろんな角度から写真を撮り、知尋は改めて包丁を掴む。きっちり半円に切ろうとしたら、「そんなに食べられないです」と笑われた。

六等分に切った甘さ控えめのふわふわケーキは、あっという間に二人の胃袋に収まった。もう一切れ食べようとしたが「知尋さん」と釘を刺されたのでやめる。

「みんな綺麗に食べてくれたから、片付けが楽だな」

「知尋さんはゆっくりしててください。片付けは俺がやりますから」

甘えずに真顔で言ってくるときは好きにさせる。だから洗い物も任せた。

「伊万里の皿は扱いに気を付けてな？」

「はーい」

母と姉たちだけとはいえ、宮瀬家に受け入れてもらえたのが嬉しかった。もしかしたらこの先は養子縁組だとか、財産の分配はどうするんだとか、生々しい話になっていきそうだが、余計な金より愛がほしいってことで片っ端から放棄しよう。第一、ほしいものなど一つしかない。

「ねえ、知尋さん。今夜は一緒にお風呂に入ってさ、ベッドでいっぱいイチャイチャしようね」

誰もが振り返らずにいられない綺麗な顔で、聡太が笑う。

「いいぞ。なんでもしてやる」

そう言ってやったら、両手に泡をつけたままの聡太が、物凄い勢いでやって来た。

飛びかかるように床に押し倒されて、強引なキスを受け取る。

「なんだよ……」

「俺、ちゃんと我慢してたよね？　だからさ」

「一緒に風呂入るんじゃなかったのか？」

「入るけど、でももう、俺、知尋さんがほしい」

今すぐしたくてたまらない顔で見つめられると、優越感で下半身が疼く。絶対に落とすと決めて手に入れた。たまらない。この男に、こんな顔をさせている。

「だめ？」

「バーカ」

「……怒るときはもっと激しく」

「また妙な性癖出すのかよ」

「でも、さ。いつも俺に付き合ってくれるよね？　知尋さん、いやらしいこと大好きだもんね？」

脇からTシャツをたくし上げて、肌に直に指が触れる。するするとラインを辿って、まだなんの反応も示していない乳首に触れた。

「んっ」

「可愛い」

「洗い物、残ってるんだぞ」

「借り物の伊万里は洗いました。ね？　だから、知尋さんの可愛いところ、俺にいっぱい見せて」

唇を合わせ、ねっとりと舌を絡める。聡太のキスは気持ちよくて、それだけで自然と腰が浮いてしまうのに、同時に乳首まで弄られたらすぐに達してしまいそうだ。

「ん、んっんっ、んん、ぅ……っ」

乳輪ごと指の腹で揉まれ、ふっくらとしてきたら、今度は硬く尖った乳首を扱かれる。

「それ、いやだって……っ」

「嘘」

キスの合間に会話を交わし、エプロンはそのままで穿いていたスラックスと下着が下肢から剥がされていく。このバカは、裸エプロンをさせようとしているのだ。

「おいつ、だったらお前も裸エプロンしろよ」

「……俺がやっても楽しくない」

「バカ。俺が楽しいんだよ。俺に見せろよ、お前の裸エプロン」

ああ俺も変態です。もういいです。大好きな美形の裸エプロンを見られるなら、自分も変態になります。

顔が赤くなっていくのが分かる。聡太が「知尋さんのエッチ」と笑った。

「そんなの、今頃知ったのかよ。ああそうだ、俺、お前のストリップ見たい」

「知尋さんの性癖ってたまに変なところに行くよね？」

ストリップというよりは風呂場で脱衣といった方が近い、手早い脱ぎ方にブーイングをしながら、聡太の裸エプロン姿を見る。お前、絶対にこれで稼げるぞ。でも誰にも見せない。

「ヤバイ。興奮する」

「知尋さんは俺が大好きだもんね？」

「そうだよ。だから、ほら、もうこんなだ」

そっとエプロンをたくし上げると、先走りを滲ませた勃起した陰茎が露わになる。

「もういやらしい汁を漏らしてる。俺に弄ってほしい？　それともオナニーを見てほしいの？　銜えてもいいけど、でも俺、今は知尋さんの顔を見てたい」

「お前の好きにしていい」

「あのね、俺、生クリームで……」

「却下だ！」

思わず拳骨で頭を叩いた。なにせ、聡太の視線がまだ残っていた手作りケーキに向けられていたのだ。それでプレイなどさすがにできない。

「痛いし酷い……」

「お前の方が酷い！　あのケーキは、お前の母親の手作りなんだぞ！」

「うん。じゃあ、こっちならいい？」

そう言って手を伸ばし、メープルシロップの容器を掴んだ。「チーズにかけると美味しいです。ハチミツより優しい味なので」と言いながら、聡太の母たちに勧めたのを思い出す。

「知尋さんのメープルシロップ漬け」

下半身にとろりと滴る琥珀色の液体。まあいいか、どうせあとで一緒に風呂に入るんだ。

「なんか……変な感じ」

「俺、このまま行くと知尋さんを食べちゃいそう」

嬉しそうに目を細め、舌を這わせてメープルシロップを舐める姿はまるで猛獣で、自分は腹を食われる草食動物だ。早くひと思いに殺してほしい。中途半端は体が疼いてつらい。

「食うって……不味そうだな俺」

「美味しいですよ！　知尋さんはどこもかしこもとろとろで美味しいの！」

「恥ずかしい台詞でドヤ顔するなよ。……あ」

「どう？　中までシロップが入ったね。くちゅくちゅ言ってる。もっと指で弄っていい？」

「んっ。言わずにしろよ。実況いらねえ」

「言葉責めが好きなくせに」

言われて言葉に詰まる。今はもう、違うと言えない体になった。聡太に囁かれると体が勝手に反応する。

「ね？　もっと脚広げて？　下にクッションを敷くと弄りやすい」

腰にクッションを敷くと自然と腰が突き出た。股間から内股へとメープルシロップが流れていく。

「知尋さんのいやらしい顔をいっぱい見たら、いっぱい気持ちよくしてあげるね？」

「バカ。俺もう、さっさとイきてえ」

「俺の指でいっぱい気持ちよくなって」

「も、気持ちいい。気持ちいいから……早く弄って」

エプロンをたくし上げ、大きく脚を広げてねだってしまう。

甘い香りでねっとりと濡れている股間に、ぬるりと指が入ってきた。

「ひぁっ、あっあっあっ」

わざと乱暴に指で突かれる。指がきまぐれに前立腺を押す度に、知尋の体が跳ねた。

「ねえ、知尋さん。指だけで足りる？　ねえ、俺の指だけで、お尻でイける？」

「やっあっ、あーあーあーっ」

快感で内股に力が入る。つま先まで力が入って反っていく。前立腺を集中して責められて、鈴口からはとろとろと先走りが溢れた。

「ね？　最初は指でイッてみせて。凄く可愛い、俺の指をきゅうきゅう締め付けてくる」

「あっ、もっ、だめっ、だめだっ、出るっ、もう出るっ、精液出るっ」

射精を強要され、腹の上に精液をしたたか放った。心臓がバクバクと脈打ち、目尻に快感の涙が浮かぶ。気持ちが追いつく前に体が勝手に快感に染まった。きっと随分だらしない顔をしているんだろう。なのに聡太は「可愛い可愛い」と言ってキスを繰り返す。キスよりお前のちんこを突っ込んでほしいとねだったら、唇に先走りで濡れた陰茎を押しつけられた。

「知尋さんのお尻は柔らかくなってるけど、こっちもとろとろにして。最後までしなくていいよ？　俺、知尋さんの中で射精したい」

「んっ」

頷きながら丁寧に唾液をまぶす。舌で裏筋を刺激してやったら口の中で重みが増した。苦しいけど愛しい。好きな男の陰茎を好きなだけ銜えていられるなんて嬉しい。聡太がときおり頭を撫でてくれるのも嬉しい。だからもっと気持ちよくしてやりたい。

「もう、いいから」

強引に口から引き出された陰茎は唾液で滑っていやらしい。

「今すぐあげるから、そんな物欲しそうな顔しないで」

聡太が目を細めて微笑んだ。背筋が快感でぞくりとする。さっき射精したばかりの陰茎がピクンと揺れて勃起した。

「知尋さんは、後ろからしてもらうのが好きだよね。犯される感じが好き？」

「お前にされるなら……なんでも好きなんだよ。早く突っ込めよ。我慢できねえ」

「ああもう。俺を煽るのが上手いんだから」

嬉しそうに腰を掴まれ、俯せにひっくり返される。ぐいと腰を持ちあげられたところで、息を吐いて体から力を抜いた。

「気持ちいい」

　ゆっくりと挿入しながら、聡太が声を上擦らせた。

　股間からメープルシロップが滴り落ちてクッションやラグを汚していくが、気にする余裕はもうなかった。


「お前さ、日増しに変態度が上がっていくよな。それって俺のせいか？」

　散々気持ちよくなったあとの風呂上がり。

　知尋はバスローブを羽織ってベッドに腰を下ろすと、ミネラルウォーターのペットボトルを額に押しつける。冷たくて気持ちがいい。

「俺、知尋さんのエロい顔見てるとストッパーが外れるみたいで、その、やりたいことが次から次へと出てきちゃうんですよね。さすがに生命の危険を感じることに手を出そうと思いませんが」

「そうか」

「セックスのバリエーションが豊富ってことですよ。知尋さんだっていつもとろとろにな

るでしょ？」

お揃いのバスローブを羽織った聡太は、知尋を見下ろしてふわりと微笑んだ。綺麗な笑顔だが、言ってる台詞がいただけない。

「それならいいんだが、最初にガツガツしすぎて飽きられたらどうしようか、ちょっと考えた」

「え！　どうしてそういうことを平然と言うの？　俺があなたに飽きるわけないでしょう？　言っていいですか？　ねえ、言ってもいい？　これ、俺が実家で使ってた毛布！」

そう言って、知尋は枕元にくしゃくしゃになっていたぼろぼろの物体を掴んで目の前に持ってくる。

「ああ、これな。これ……毛布だったのか。布の切れ端かと思った」

「これね、俺が小学生のときから使ってる毛布なんです。途中で穴が開いて破けたりもしたけど、でも今でもちゃんと残ってる。この感触が大好きなんです」

持っていると安心する毛布か。そういう話は聞いたことがある。

「うん」

「俺は物持ちがいいんです。そりゃあ、子供の頃は大事にしてるつもりでも上手くできませんでしたが、今は違う」

両手で頬を包まれる。聡太の瞳に自分の顔が映っているのが分かった。

「言いたいことは、その、分かった」

「あとね、もう一つ」

「なに？」

「あなたを好きになった責任、ちゃんと取ってくださいね？　一生かけて」

ちゅっと唇が押し当てられて離れる。

「分かった。責任取る」

「それともう一つ、俺は知尋さん専用のゲイだからね？　それも忘れないで」

「それは凄く嬉しい」

「ね？　俺ってこんなに知尋さんを愛してるんですよ？　だから知尋さんも俺の愛に包まれちゃって。俺をあなたの愛で包んで」

照れくさい台詞。でも嬉しい。

一目惚れした男にここまで言ってもらえるなんてゲイ冥利に尽きる。

「……ほんと、お前に出会うまで、誰ともセックスしてなくてよかった」

「ほんとそれ！　俺はあなたの、最初で最後の男です」

胸を張って言う聡太がおかしくて、知尋は小さく笑った。

多分きっと、その言葉の通りになるんだろうと思う。未来を見る術などないが、漠然とした確信はあった。

「聡太」

「なーに？」

「お前な、定期的に店に通って俺を指名しろよ？」

「はい。そのつもりですけど。密室の顧客とリスナーって、凄い萌えますから！」

「仕事中は触らせねえからな」

「分かってます。でもまたなんで？」

首を傾げる聡太に、「俺の顧客はみんな成功してるって言っただろ」と言ったら、ポンと膝を叩いた。

「俺だって、自分の旦那を成功させたい」

ちゅっと、今度は自分から、聡太の頬にキスをした。

「もーもーもー！　俺はほんとに死ぬからね！　溺死だよ！　愛に溺れて死にます！」

聡太は顔を真っ赤にして、ベッドに寝転がった。

可愛いヤツめ。これから一生かけて愛してやる。

おしまい

あとがき

はじめまして&こんにちは、高月まつりです。

変な職を作ってみました。

ただ話を聞いて欲しいの……というお願いと、エロを合わせて捏ねていたら、「ベルベットトリップ」というお店ができました。

ただ話を聞いてもらったり、膝枕で甘えながら愚痴を言ったり、時に励ましてもらったり……。

知尋は私が書く受けの中でもわりと珍しい、ゲイです。

でも書きやすかった！　というか、こんな風に「俺は男が好きなんだから」ってことを前面に出す受けを書けて楽しかったです。

こういうタイプの受けを、これからもボチボチ書いていけたらいいなと思ってます。

攻めの聡太はもう……綺麗で可愛いところを強調しました。

バカ可愛い感じで、「でも運命の人と出会えたから仕事も頑張ります」という。こういう攻め、嫌いじゃないです。むしろ好きです（笑）。

美形攻めと男前受けの組み合わせは性癖というよりも、もう不治の病なので、これからもいろんなパターンの美形と男前を書いていきたいです。

イラストを描いてくださったこうじま奈月さん、本当にありがとうございました！　今も知尋はカッコイイし聡太は綺麗だし、見ながらずっとニヤニヤしておりました。今もニヤニヤしてます。

それでは、次回作でお会いできれば幸いです。

プリズム文庫／既刊本のお知らせ

眠れる主にひざまずけっ！

高月まつり

イラスト／かなえ杏

ＳＭクラブ芙羅明御の「伝説のご主人様」と支配人の引退——ファンを震撼させるニュースとともに、求人募集が発表された。支配人希望の嘉織は、ご主人様希望の修一に出会う。眼鏡をかけた草食系男子の修一は、どう見てもご主人様タイプには見えない。だが、眼鏡をとると……?!

縛りたいほど愛してる

高月まつり

イラスト／かなえ杏

草食系男子の皮をかぶったＳＭのご主人様・修一を恋人に持つ嘉織。付き合って一年たつのに、いまだに相手の名を「さん」付けで呼ぶし、素直に縛られることもできない。それに、一緒に暮らしたいと望まれてもうなずけないので、二人の愛の深さは違っていると修一に嘆かれて……。

素直になれないラブモーション

高月まつり

イラスト／こうじま奈月

天使のユージンと悪魔の知火は親同士が決めた許嫁。二人は魂を導くための任務で東京へと行き、エアコンもないアパートでともに暮らしはじめる。ユージンが好きな知火は、彼に釣り合うよう努力してきたのに、家柄もよく容姿端麗な彼は人気があり、浮気ばかりされてしまい……。

光と影のラプソディー

高月まつり

イラスト／こうじま奈月

天使の直紀は同じく天使のタキと幸せな毎日を送っていたが、タキが理性と本能の二人に分離するという非常事態に陥ってしまう。理性タキは仕事一筋のお堅いタイプで、本能タキ——別名エロタキは超快楽主義。早くタキを元に戻さないと、彼は天使ではいられなくなってしまう!?

ロマンティックは裏切らない

高月まつり
イラスト／かなえ杏

男らしく整った容姿と喧嘩の強さで、クラスメイトから怖いと思われている理だが、実際には可愛いものやピンク色が好きな、見かけとは真逆の男だった。ピンクの制服が似合う容姿に生まれたかったと思う理のクラスに、王子様タイプの転校生がやってきて……。

嘘で始まるシンデレラ

高月まつり
イラスト／こうじま奈月

お見合いパーティーで運命的な出会いをしてしまった尚人。目と目が合った瞬間から、激しい恋の嵐に巻き込まれたのだ。お相手の莉音は、プリンス・チャーミングと呼ばれる、庶民嫌いの超お金持ち。それを知った尚人は、つい自分の身分を偽ってしまうが……。

モンスターズ♡ラブスクール

高月まつり
イラスト／こうじま奈月

不況の煽りを食って転職した通は、祖母の紹介により山奥の学校で働くことになった。でも、その学校……かなり普通じゃない？　生徒たち全員が妖怪だったのだ！　狐の妖怪の雪総と親しくなっていくうちに、異種族間の違いからか、結婚しろと迫られて——？

神様たちの言うとおり♥

高月まつり
イラスト／こうじま奈月

妖怪ばかりが通う学校のクラスメートである氷翠と黒桃は、夏休みが終わる頃、互いに成長期を迎えた。成長期に入ると、より己の種族本来が持つ性質へと変貌するのだ。いつもいじめて泣かせていた氷翠が「俺様」キャラに変わってしまったことで、黒桃は戸惑わずにはいられず……。

カテキョと野良犬

高月まつり
イラスト／こもとわか

両親の思い出をけがす憎い祖父から、「行儀のよい上品な孫に遺産を分けてやる」と言われた響希。祖父を見返すためだけに、凄腕の家庭教師を雇って礼儀作法を身につける決意をする。家庭教師の家に住み込んで学ぶことになった響希は、彼の本職がSMの調教師と知って!?

抱きしめて離すもんか

高月まつり
イラスト／こうじま奈月

神獣・麒麟の一族である白遠には、もうずいぶん長い間、捜し続けているものがあった。それは、いとしい伴侶、蓮双の九つに砕けた魂の欠片だ。九つすべてを集められれば、ふたたび蓮双を抱きしめることができるのだ。八つの欠片を集め、ついに一つを捜すのみとなって……。

おねがい執事様♥

高月まつり
イラスト／潤

由緒正しい家柄で社長の息子だった真尋は住む屋敷も仕事も失った。しばらくはネットカフェで暮らそうかと思っていたところに、そんなことは許さないと、真尋の家を支えてきた執事の湊が現れた。彼は、無職で給料も払えなくなった真尋に仕えたいと申し出て――。

死神様と一緒

高月まつり
イラスト／こうじま奈月

幼なじみで美形の聡一郎から鬱陶しいほど慕われている雄介は、自分のことは何ひとつできない聡一郎を『顔だけの男』にしないと誓って躾けている。しかし、昔から知っていたはずの聡一郎のとんでもなく驚くべき秘密を知らされ、ふたりの仲にヒビが入り――？

原稿募集

プリズム文庫では、ボーイズラブ小説の投稿を募集しております。

優秀な作品をお書きになった方には担当編集がつき、デビューのお手伝いをさせていただきます！

応募資格

性別、年齢、プロ、アマ問わず。他社でデビューした方も大歓迎です。

募集内容

商業誌に未発表のオリジナル作品であれば、内容に制限はありません。

ただし、ボーイズラブ小説であることが前提です。エッチシーンのまったくない作品に関しましては、基本的に不可とさせていただきます。

枚数・書式

1ページを40字×16行として、100～120ページ程度。

原稿は縦書きでお願いします。手書き原稿は不可ですが、データでの投稿は受けつけております。

投稿作には、800字程度のあらすじをつけてください。

また、原稿とは別の用紙に以下の内容を明記のうえ、同封してください。
◇作品タイトル　◇総ページ数　◇ペンネーム
◇本名　◇住所　◇電話番号　◇年齢　◇職業
◇メールアドレス　◇投稿歴・受賞歴

注意事項

原稿の各ページに通し番号を入れてください。

原稿は返却いたしませんので、必要な方はコピーを取ってからのご応募をお願いします。

締め切り

締め切りは特に定めません。随時募集中です。

採用の方にのみ、原稿到着から３カ月以内に編集部よりご連絡させていただきます。

原稿送り先

【郵送の場合】〒153-0051　東京都目黒区上目黒1-18-6　NMビル3Ｆ
（株）オークラ出版「プリズム文庫」投稿係
【データ投稿の場合】ever@oakla.com

プリズム文庫をお買い上げいただきまして
ありがとうございました。
この本を読んでのご意見・ご感想を
お待ちしております!

【ファンレターのあて先】
〒153-0051 東京都目黒区上目黒1-18-6 NMビル
(株)オークラ出版 プリズム文庫編集部
『髙月まつり先生』『こうじま奈月先生』係

プリズム文庫

愛と叱咤があり余る

2016年01月23日 初版発行

著 者 髙月まつり
発行人 長嶋うつぎ
発 行 株式会社オークラ出版
〒153-0051 東京都目黒区上目黒1-18-6 NMビル
営 業 TEL:03-3792-2411 FAX:03-3793-7048
編 集 TEL:03-3793-8012 FAX:03-5722-7626
郵便振替 00170-7-581612(加入者名:オークランド)
印 刷 図書印刷株式会社

ISBN978-4-7755-2504-3